聊斋志异图咏

[清] 广百宋斋 编绘　万泽 文

目 录

001	关于本书		
002	聊斋自志		[清]蒲松龄

鬼魂卷

002	喷水	016	鄪都御史
002	叶生	017	棋鬼
003	王六郎	018	捉狐射鬼
004	野狗	018	尸变
004	咬鬼	019	塞偿债
005	新郎	020	布客
006	画皮	020	章阿端
006	庙鬼	021	土偶
007	聂小倩	022	伍秋月
008	水莽草	022	柳氏子
008	凤阳士人	023	金生色
009	珠儿	024	潞令
010	巧娘	024	库将军
010	江中	025	小谢
011	鲁公女	026	美人首
012	连琐	026	聂政
012	霍生	027	死僧
013	庚娘	028	牛成章
014	泥鬼	028	阎罗薨
014	阿霞	029	鬼令
015	公孙九娘	030	宦娘
016	库官	030	役鬼

031	鬼妻	050	僧孽
032	负尸	051	三生
032	紫花和尚	052	四十千
033	周克昌	052	耿十八
034	褚生	053	祝翁
034	司文郎	054	阿宝
035	吕无病	054	张诚
036	姚安	055	李伯言
036	陈锡九	056	汤公
037	于去恶	056	阎罗
038	爱奴	057	连城
038	郭安	058	梦别
039	刘夫人	058	促织
040	王货郎	059	鬼作筵
040	湘裙	060	酒狂
041	龙飞相公	060	长治女子
042	珊瑚	061	杜翁
042	任秀	062	考弊司
043	晚霞	062	向杲
044	某甲	063	刘姓
044	衢州三怪	064	梦狼
045	拆楼人	064	邵士梅
046	司札吏	065	陕右某公
046	王大	066	汪可受
047	嘉平公子	066	王十
048	田子成	067	席方平
048	薛慰娘	068	三生
049	博兴女	071	林四娘
050	长清僧	073	梅女

075	绩针	096	五通
077	窦氏	096	五通第二
		097	书痴
	神仙卷	098	邢子仪
		098	织成
080	考城隍	099	竹青
080	瞳人语	100	柳生
081	雹神	100	老龙船户
082	鹰虎神	101	元少先生
082	陆判	102	周生
083	蛰龙	102	刘全
084	雷曹	103	公孙夏
084	柳秀才	104	韩方
085	西湖主	104	布商
086	阎王	105	画壁
086	鄱阳神	106	崂山道士
087	山神	106	成仙
088	董公子	107	王兰
088	江城	108	道士
089	牛癀	108	丐僧
090	金姑夫	109	苏仙
090	梓潼令	110	单道士
091	冤狱	110	白于玉
092	阎罗宴	111	宫梦弼
092	夏雪	112	刘海石
093	嫦娥	112	番僧
094	孙必振	113	赌符
094	张不量	114	翩翩
095	岳神	114	罗刹海市

115	续黄粱	134	造畜
116	上仙	135	小二
116	侯静山	136	小人儿
117	彭海秋	136	跳神
118	罗祖	137	僧术
118	青娥	138	雹神
119	仙人岛	138	阿织
120	甄后	139	花神
120	钟生	141	莲花公主
121	鞠药如	143	蕙芳
122	霍女	145	佟客
122	采薇翁	147	鸟语
123	李生	149	齐天大圣
124	陆押官	151	寒月芙蓉
124	缋女	153	菱角
125	杨大洪	155	云萝公主
126	真生	157	桓侯
126	何仙	159	巩仙
127	素秋	161	锦瑟
128	贾奉雉	163	王者
128	瑞云	165	安期岛
129	乐仲	167	余德
130	三仙	169	种梨
130	石清虚	171	白莲教
131	乩仙	173	神女
132	粉蝶	175	狼
132	房文淑	177	颠道人
133	偷桃	179	青蛙神
134	妖术	181	丐仙

人世卷

184	斫蟒
184	丁前溪
185	侠女
186	口技
186	西僧
187	商三官
188	牧竖
188	李司鉴
189	五羖大夫
190	田七郎
190	保住
191	妾击贼
192	阳武侯
192	武技
193	孝子
194	堪舆
194	铁布衫法
195	大力将军
196	林氏
196	细侯
197	饿鬼
198	冷生
198	孙生
199	二商
200	镜听
200	胡四娘
201	禄数
202	金和尚
202	大蝎
203	三朝元老
204	局诈
204	局诈二
205	局诈三
206	某乙
206	钱卜巫
207	崔猛
208	诗谳
208	蒋太史
209	邵临淄
210	狂生
210	于中丞
211	于中丞二
212	太医
212	农妇
213	乔女
214	折狱
214	折狱第二
215	天宫
216	胭脂
216	仇大娘
217	陈云栖
218	黑鬼
218	段氏
219	大男
220	韦公子

220	曾友于	240	狼二
221	李八缸	240	狼三
222	王桂庵	241	蟒蛇
222	寄生附	242	戏缢
223	太原狱	242	橘树
224	果报	243	药僧
224	果报二	244	龙戏蛛
225	新郑讼	244	医术
226	一员官	245	鸿
226	人妖	246	象
227	邵女	246	盗户
228	真定女	247	单父宰
228	龁石	248	邑人
229	快刀	248	红毛毡
230	戏术	249	牛飞
230	戏术第二	250	义犬
231	水灾	250	查牙山洞
232	诸城某甲	251	曹操冢
232	头滚	252	男妾
233	蛙曲	252	车夫
234	鼠戏	253	杜小雷
234	赵城虎	254	古瓶
235	酒虫	254	秦桧
236	木雕美人	255	义鼠
236	金永年	256	地震
237	毛大福	256	黑兽
238	骂鸭	257	狮子
238	钱流	258	龙
239	梁彦	258	龙二

259	龙三	290	莲香
260	龙肉	291	九山王
260	夜明	292	汾州狐
261	义犬	292	狐联
262	山市	293	潍水狐
262	鸲鹆	294	红玉
263	禽侠	294	胡氏
265	大人	295	伏狐
267	姊妹易嫁	296	黄九郎
269	顾生	296	金陵女子
271	于江	297	犬灯
273	大鼠	298	狐妾
275	蛇人	298	毛狐
277	颜氏	299	青梅
279	老饕	300	狐谐
281	细柳	300	雨钱
		301	双灯
	妖怪卷	302	辛十四娘
		302	胡四相公
284	狐嫁女	303	鸦头
284	娇娜	304	念秧
285	焦螟	304	念秧二
286	灵官	305	封三娘
286	王成	306	狐梦
287	苗生	306	农人
288	贾儿	307	武孝廉
288	董生	308	荷花三娘子
289	婴宁	308	郭生
290	酒友	309	马介甫

310	河间生	329	小官人
310	云翠仙	330	夜叉国
311	胡大姑	330	小髻
312	刘亮采	331	白秋练
312	萧七	332	驱怪
313	周三	332	小猎犬
314	狐惩淫	333	泥书生
314	沂水秀才	334	宅妖
315	阿绣	334	募缘
316	杨疤眼	335	鸽异
316	小翠	336	郭秀才
317	凤仙	336	捉狐
318	小梅	337	张贡士
318	张鸿渐	338	狐入瓶
319	王子安	338	冯木匠
320	金陵乙	339	秦生
320	彭二挣	340	花姑子
321	恒娘	340	放蝶
322	司训	341	黄英
322	狐女	342	绿衣女
323	褚遂良	342	葛巾
324	姬生	345	阿英
324	浙东生	347	申氏
325	耳中人	349	丑狐
326	山魈	351	长亭
326	荞中怪	353	汪士秀
327	宅妖	355	黎氏
328	海公子	357	青凤
328	张老相公	359	画马

361 八大王
363 胡四姐
365 二班
367 香玉

关于本书

清代作家蒲松龄创作的《聊斋志异》自刊刻问世后，形成"风行天下，万口传诵"，"几乎家有其书"的气象。

《聊斋志异图咏》原为清末广百宋斋主人徐润（1838—1911）的藏本。徐氏钟爱《聊斋志异》，花重金聘请当时的绘画名手，为《聊斋志异》绘制插图。集时下绘画高手几百名，历时三年，工程浩繁。

广百宋斋主人称这套作品："图画荟萃近时名手而成。其中楼阁山水，人物鸟兽，各尽其长。每图俱就篇中最扼要处着笔，嬉笑怒骂，确有神情。"诚如斯言，观书中图画均工笔勾画，笔力劲健，技法娴熟，构图协调允妥，诚非坊间一般人所能为之者，可称明清小说插图中之上品。

插图形式为一个故事配一幅图，共有四百四十五幅图，画家一丝不苟地精心描画出心中的聊斋世界。咏诗大约出自广百宋斋主人笔下，首首切中故事之肯綮，或直或曲，出语蕴藉，境界高妙。

编者另为部分插图编写了凝练简洁的故事文字，使读者在欣赏一幅幅画的同时，增添一些阅读的兴味。读了这些故事之后，读者或许更有兴趣去了解蒲松龄和《聊斋志异》这部名著。

特编本画册，以飨读者和古典插图艺术爱好者。

聊斋自志

[清] 蒲松龄

披萝带荔,三闾氏感而为骚;牛鬼蛇神,长爪郎吟而成癖。自鸣天籁,不择好音,有由然矣。松落落秋萤之火,魑魅争光;逐逐野马之尘,魍魉见笑。才非干宝,雅爱搜神;情类黄州,喜人谈鬼。闻则命笔,遂以成编。久之,四方同人又以邮筒相寄,因而物以好聚,所积益夥。甚者:人非化外,事或奇于断发之乡;睫在眼前,怪有过于飞头之国。遄飞逸兴,狂固难辞;永托旷怀,痴且不讳。展如之人,得勿向我胡卢耶?然五父衢头,或涉滥听;而三生石上,颇悟前因。放纵之言,有未可概以人废者。松悬弧时,先大人梦一病瘠瞿昙,偏袒入室,药膏如钱,圆粘乳际。寤而松生,果符墨志。且也:少羸多病,长命不犹。门庭之凄寂,则冷淡如僧;笔墨之耕耘,则萧条似钵。每搔头自念,勿亦面壁人果吾前身耶?盖有漏根因,未结人天之果;而随风荡堕,竟成藩溷之花。茫茫六道,何可谓无其理哉!独是子夜荧荧,灯昏欲蕊;萧斋瑟瑟,案冷疑冰。集腋为裘,妄续幽冥之录;浮白载笔,仅成孤愤之书。寄托如此,亦足悲矣!嗟乎!惊霜寒雀,抱树无温;吊月秋虫,偎栏自热。知我者,其在青林黑塞间乎!

康熙己未春日　　柳泉自题

译文

　　身披香草的山鬼，引起屈原的感慨用骚体把他写进诗篇；牛鬼蛇神，李贺却嗜吟成癖。直抒胸臆，不迎合世俗，他们各有理由。我孤寂失意，犹如萤火，而魑魅争此微光；追逐名利，随世浮沉，反被魍魉讥笑。虽无干宝之才，却痴迷于奇异之事；颇类当年的苏轼，喜人妄谈鬼怪。耳闻笔录，汇编成书。久之，四方友人以书信相寄，加之喜好和搜集，所积益多。甚至：人在中原，发生的事竟比荒蛮之地发生的更为奇异；眼前出现的怪事，竟比人头会飞的国度更加离奇。逸兴飞动，狂放不羁，在所难免；志托久远，如痴如醉，不必讳言。诚实之人，能不因此见笑？然而在五父衢头所听到的，或许是些无稽之谈。而三生石上的故事，颇悟因果之理。恣意放言，或可有理，不必因人废言。我生之时，先父梦见一个病瘦和尚，袒露右肩闯进屋中。铜钱大小的一块膏药粘在乳旁。父亲醒后，正好自己生了下来，乳旁果有一块黑痣。并且：小时体弱多病，长大命不如人。门庭冷落，如僧人清冷幽居；笔耕谋生，似和尚持钵化缘。每每搔头自念，那和尚真是我的前身吗？因果相报，不能成佛升天。而随风飘荡，转生人间，身为贫贱。六道轮回，岂无天理。

半夜灯光,昏昏欲灭,书斋冷清,桌案似冰。集腋成裘,妄想写成《幽冥录》的续编;把酒命笔,仅成孤愤之书。寄托如此,实是可悲。唉!霜后寒雀,栖树无温;冷月秋虫,依栏自暖。知我者,只有那些冥冥之中的魂魄了!

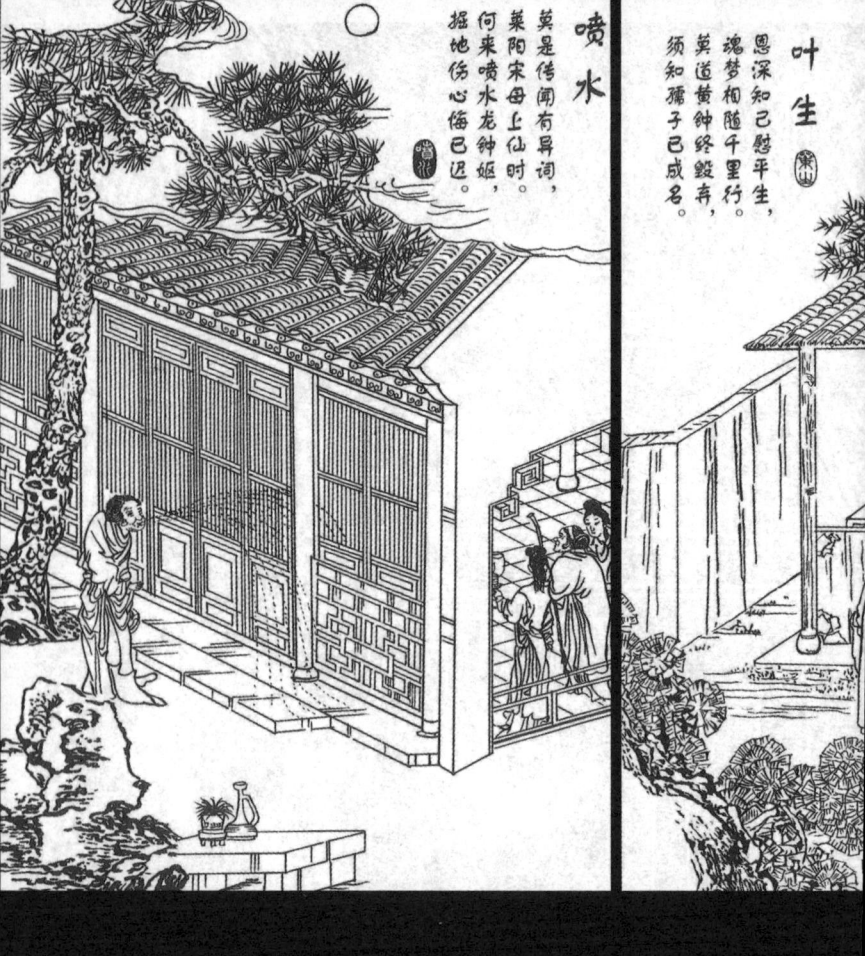

王六郎

一念仁慈感帝天,
救人情重与周旋。
老渔从此生涯足,
不向江头觅酒钱。

咬鬼
何物黎丘搅夜阑,
齿牙泠溅血汍澜。
老翁吐罢夫人笑,
合作终南进士看。

野狗
郊原杀气惨阴霾,
白骨纵横执捲埋。
试听同声愁野狗,
可知鬼亦爱遗骸。

新郎

歌吹清卢夜来阑,
洞房岂料剩孤鸾。
新郎意结模糊甚,
应作离魂倩女看。

画皮

瞾看罗刹,
变西施。
只要峨眉
样入时。
如此妍皮
如此骨,
个中色相
试参之。

庙鬼

泥鬼偏能幻幻人,
若相剔剔太无因。
若非一意持坚定,
绾领何来金甲神。

聂小倩
晓具光明,
磊落剑肠,
不逢剑侠亦何伤。
良宵旬话奇缘者,
多半青磷泣落杨。

水莽草

同是清茶奉玉觞，
出之少女便甘芳。
一时虽解相如渴，
何处逢人觅故裯。

珠儿

索债人先返夜台,
感恩魂又附尸来。
珠儿真似珠如意,
不隔幽明任往回。

凤阳士人

弟兄夫妇各西东,
月下怀人感慨中。
颠倒迷离成梦想,

巧娘

灯前何苦署申申，
感罢茅苞怨织莘。
莫怪华家含奶意，
黄金要铸药夫人。

鲁公女

石上三生事渺茫,
痴情竟欲待张郎。
红颜白发知多少,
安得神仙换骨方。

江中

长江天堑渡无梁,
南北中分此战场。
无限青磷明复灭,
一杯我欲吊苍茫。

连琐

荒草垂杨夜色昏,
吟怀悲楚月无痕。
十年一觉柔乡梦,
何必真香始返魂。

阿霞

洞房料理别织春,
故剑看同陌上尘。
试问广寒琼榜上,
几曾著个负心人。

泥鬼

迁怒无端嗔土偶,
童年嬉戏亦寻常。
人情势利休相诮,
泥鬼犹知避玉堂。

公孙九娘

月落枫林路窈冥,
冰人转向得娉婷。
一双罗袜临歧赠,
犹染当年碧血腥。

库官

驿传辉煌使节驰,
馈遗偏有库官知。
辽东军饷由谁拨,
借末当年一问之。

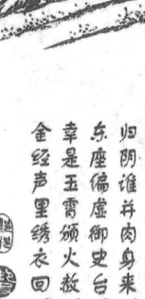

归阴谁并肉身来,
东座偏虚御史台。
幸是玉霄颁火救,
金经声里绣衣回。

棋鬼

长日消磨一局棋,
凤楼应召竟愆期。
剧怜奇癖忘生死,
胜负断断未决时。

捉狐射鬼

偶过新城谈逸事,
李公胆略冠时髦。
捉狐射鬼都无惧,
想见平生意气豪。

尸变

投宿同敝客店门，三人就死，一人生。尸居余气，能为厉，附之染习。

偿债

梦中情事记分明，戏向黔驴唤小名。戴角披毛偿豆价，世间债帅应心惊。

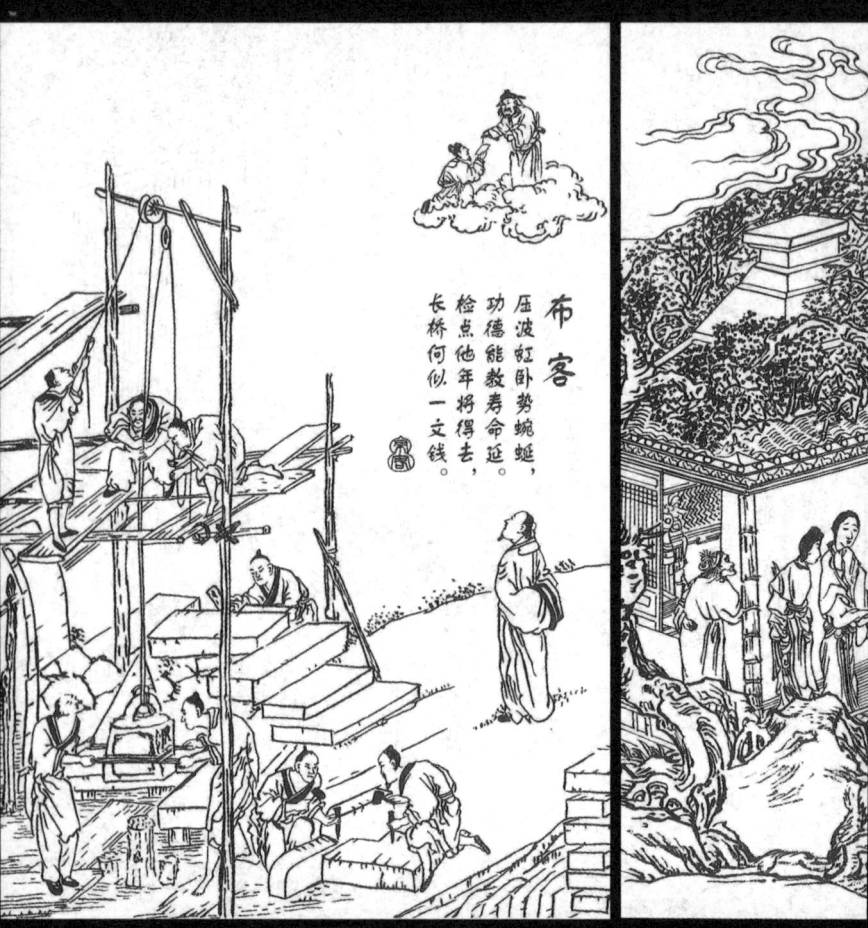

布客
压波虹卧势蜿蜒,
功德能教寿命延。
检点他年将得去,
长桥何似一文钱。

土偶

土偶无知忽有知,
依然燕好似生时。
闺房苦节天能鉴,
特许宗桃衍一支。

章阿端

一床故鬼兼新鬼,
纵使钢肠也自伤。
赖有道场能忏悔,
梦中曾说见端娘。

柳氏子

恩子何须别筑台，
生儿端为索逋来。
椟中有客应能记，
记否当年暴得财。

伍秋月

片石留题易数糟,
埋香卅载竟重生。
冥途倘有灵符在,
秋月于今十倍明。

金生色

剑光耀耀怒如生,
静夜惊听柙有声。
鬼若有灵能雪恨,
前因后果最分明。

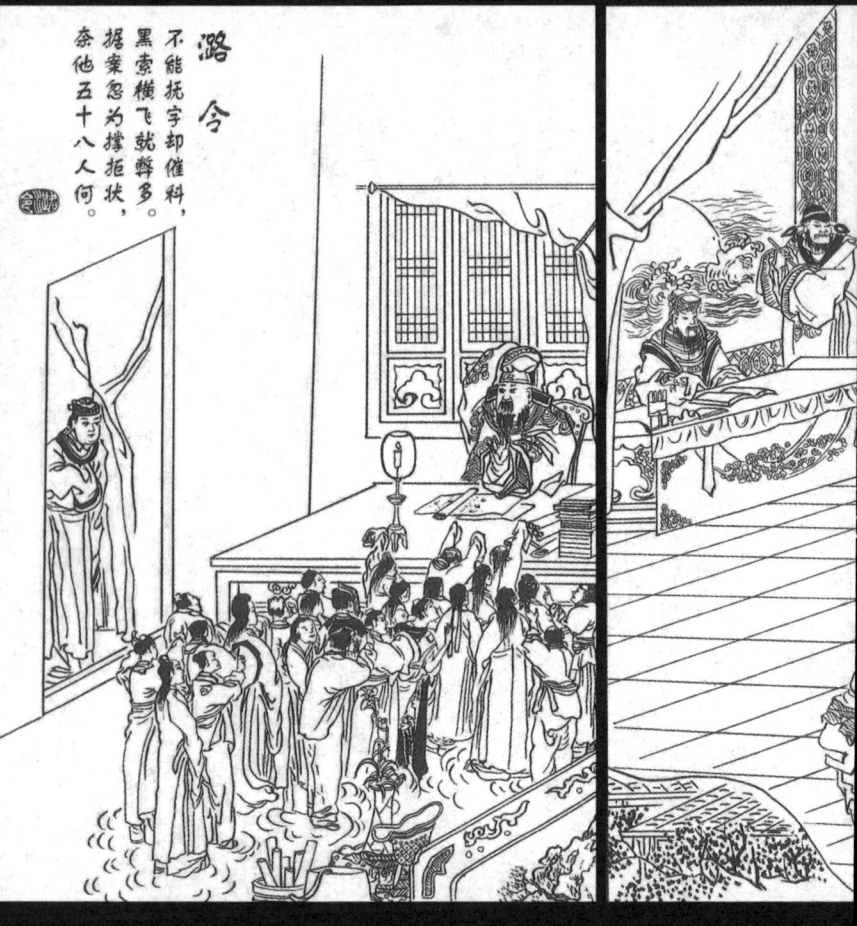

潞 公

不能抚字却催科，
黑索横飞就弊多。
据案忽为撑拒状，
奈他五十八人何。

小谢

患难相乘幸脱离，
尹邢妒念已潜移。
返魂香爇双珠合，
道士何来术亦奇。

库将军

助逆曾居魏虎行，
忽然反噬旧恩忘。
将军倘不遭冥谴，
几使中山复产狼。

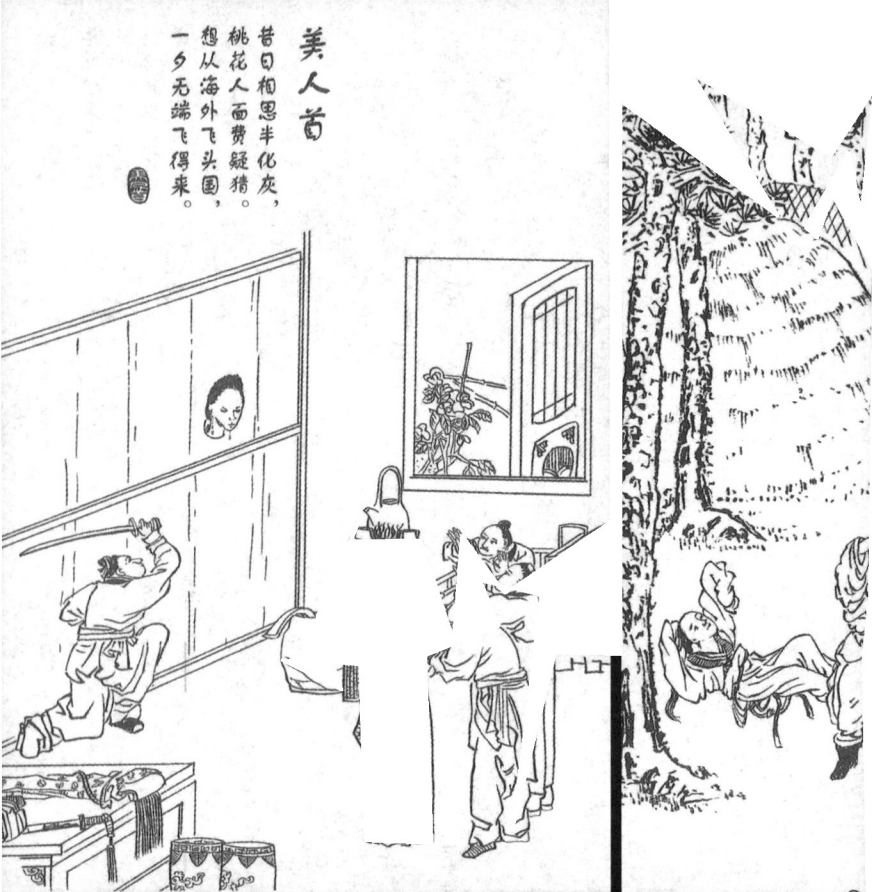

美人首

昔日相思半化灰，
桃花人面费疑猜。
想从海外飞头国，
一夕无端飞得来。

聂政

侯门一入伥分离,
悲恸曾无计可施。
白刃凛然基中出,
神威想见刺韩时。

死僧

居然兵解偶离尘,
尚恋藏金现幻身。
我为优婆走一趟,
织赀将欲付何人。

牛成章
游魂渺渺竟何之,
千里经商似旧时。
摘耳尚能惩雠幻,
仔肩且喜付孤儿。

鬼令

古刹何人夜举杯，
不行射覆不猜枚。
谱声拆字翻新令，
风雅居然有捷才。

阎罗莞

星星磷火起庭墀，
大吏银铛夜对词。
地下韩擒知也未，
阎罗犹自有莞时。

宫娘

愿聆雅奏，
拜门墙，
暗里良缘
撮合化。
绣阁楚香
分明一曲，
操缦候，
凤求凰。

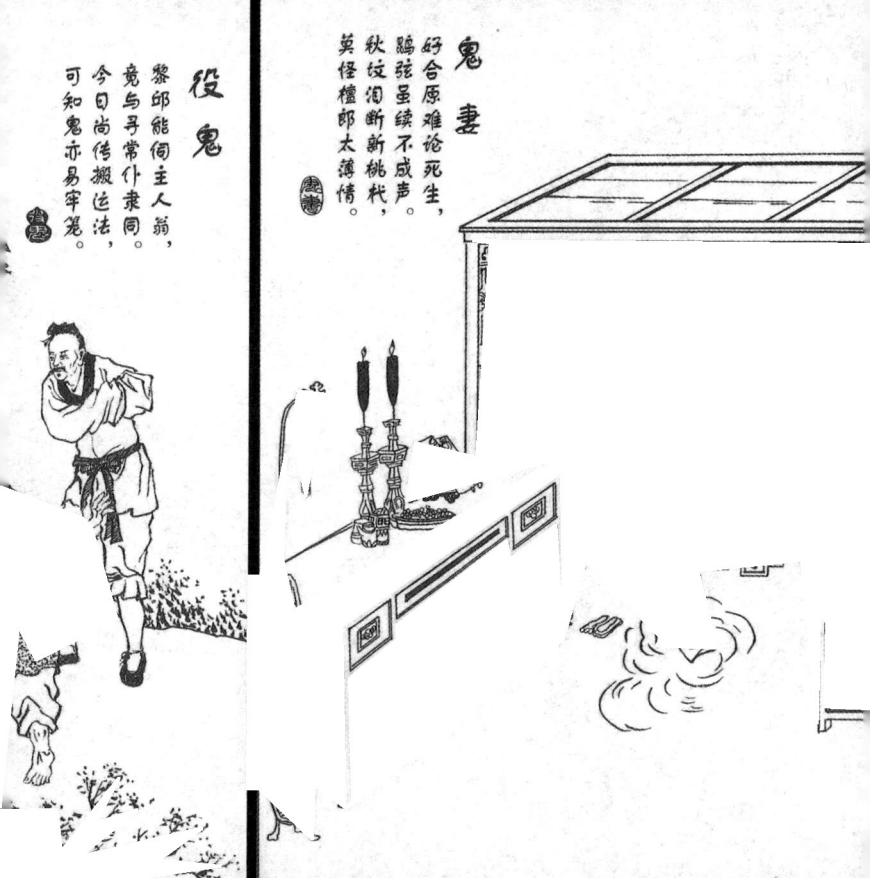

鬼妻

好合原难论死生，
鹍弦虽续不成声。
秋坟唱断新桃代，
莫怪檀郎太薄情。

役鬼

黎邱能伺主人翁，
竟与寻常仆隶同。
今日尚传搬运法，
可知鬼亦易牢笼。

紫花和尚
听讲楞严病榻前，
少年慧业合生天。
前身已证如来果，
何事冥中负凤愆。

负尸
身首缘何分两处，
忽无忽有费疑猜。
倘同路入飞头国，
料是人袁感召来。

周克昌
掌上明珠去复回,
幻形真是费疑猜。
文场科第闺帏福,
竟使庸奴坐享来。

褚生

师门风义感平生,
好学怜才两用情。
自是斯文同骨肉,
报恩原不问幽明。

吕无病

万里闲关递消息,
存孤今见鬼程婴。
可怜悍妇空贻悔,
覆水收时不见卿。

司文郎

水角订交谈艺日,
半生浴落误儒冠。
声僮摆袋悲文运,
言曰何须怨试官。

陈锡九

梦里团圆事有无，
佳城郁郁植双榆。
由来至孝神能格，
岂为炎凉计较殊。

姚安

夺股方喜续新婚，
岂意绍冠起祸根。
不是疑心生暗鬼，
可知井底有冤魂。

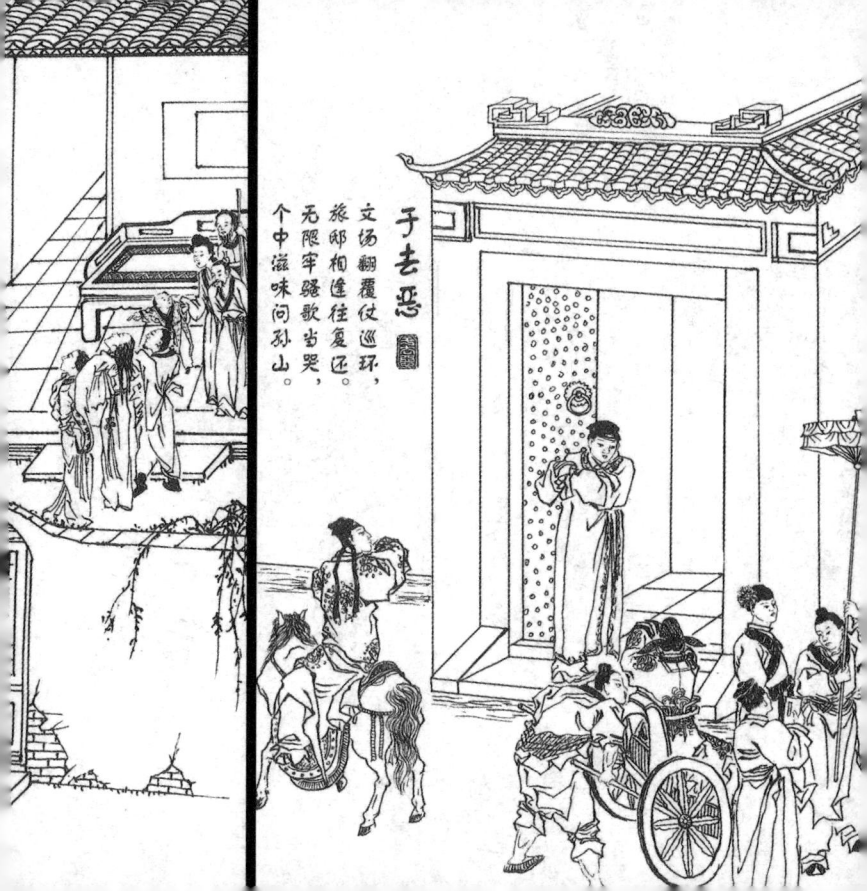

于去恶

文场翻覆仗巡环,
旅邸相逢往复还。
无限牢骚歌当哭,
个中滋味问刘山。

爱奴

岁阑执贽在门墙,
一月薰陶十载强。
他日相逢聊报德,
赠将诗婢伴帷房。

刘夫人

臧金莫笑只区区,
刹市从知福命殊。
地下苦无营运处,
却来人世免陶朱。

郭安

冤杀都由一梦来,
中年丧子亦堪哀。
仇人竟作螟蛉咏,
折狱从知有别才。

王货郎
无端证案,
夜奔驰,
是是非非
姑听之。
一语惊心
赁骑送,
此中情事
费猜疑。

湘裙
弟兄握手聚泉台,
斗酒杯羹夜馈来。
私试血痕留玉腕,
早知有意向高才。

龙飞相公

自命风流放诞身，
尽皆黑狱道中人。
戴生不勤悬崖写，
终向幽泉伴碧磷。

珊瑚

篝灯课绩意酸辛,
劳怨相忘孝始真。
试看于田号泣子,
只将高斋格顽嚚。

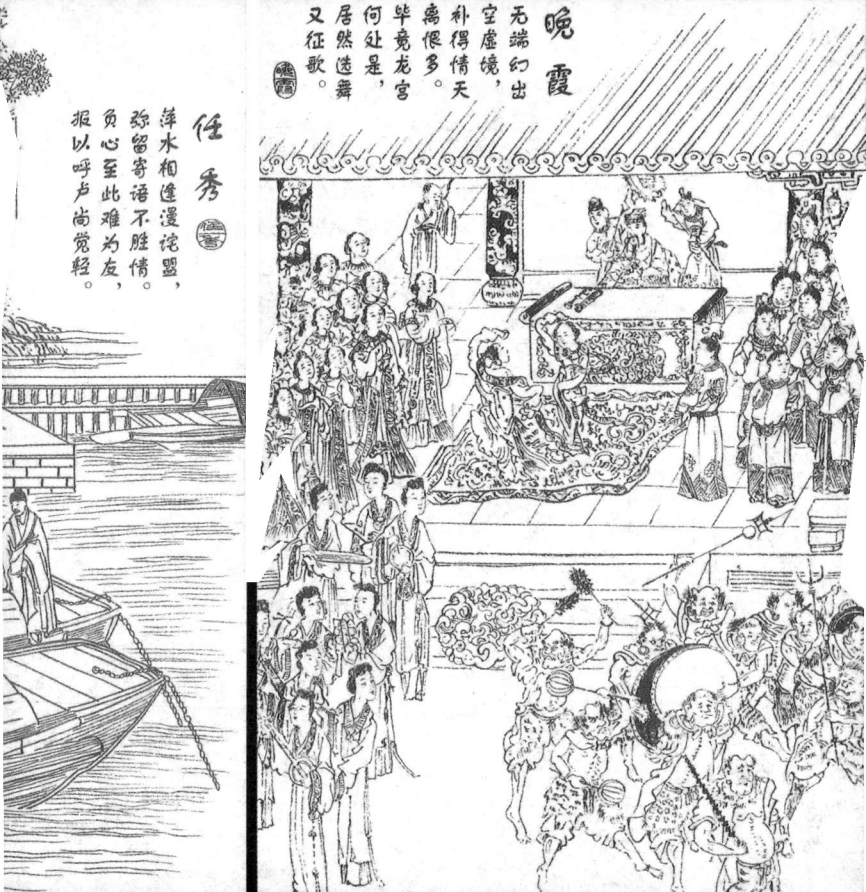

晚霞

无端幻出空虚境，
补得情天离恨多。
毕竟龙宫何处是，
居然迭舞又征歌。

任秀

萍水相逢漫诧盟，
弥留寄语不胜情。
负心至此难为友，
报以呼卢尚觉轻。

衢州三怪

曾闻三怪出衢州,
慈得行人戒夜游。
槛上鬼头塘下布,
鸭声咽哪使人愁。

某甲

名分何存叹业缘,
狠心毒手为婵娟。
倾囊赎命嗟何及,
果报已迟十九年。

拆楼人

一言拟告宰官身,
愨直无须发怒嗔。
请看同卿旋里日,
卖油人是拆楼人。

王大

才从燕子谷中回，
又向城隍座下来。
赤黑睢睢冥罚在，
漫夸刘毅是奇才。

司札吏

内讳从来莫出门，
武夫暴谬不堪论。
刀挥研击室舍怒，
鬼物揶揄刺尚存。

嘉平公子

冷雨凄风绝妙词,
个人端的是情痴。
不期天上降魔法,
偏是人间没字碑。

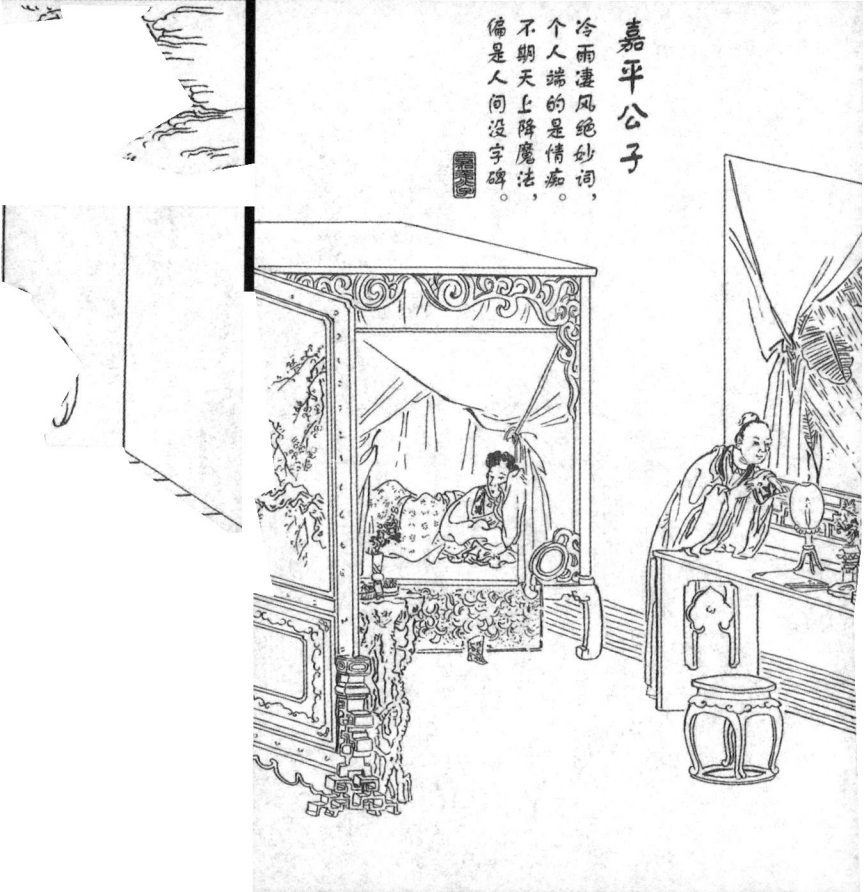

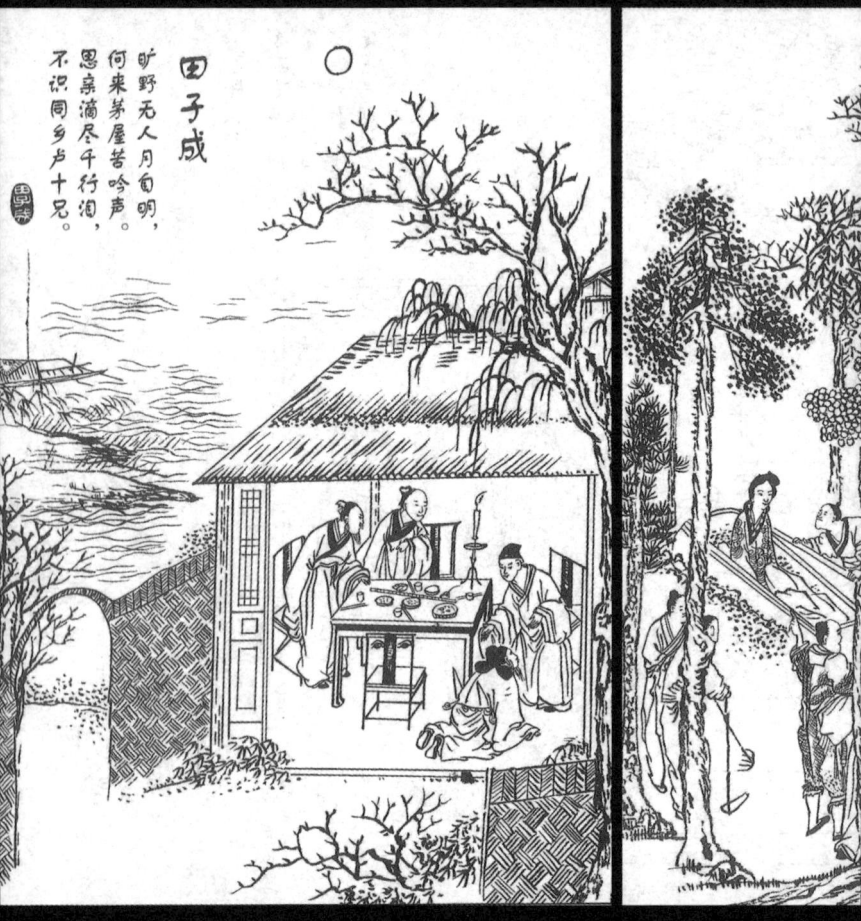

田子成

旷野无人月自明,
何来茅屋苦吟声。
思亲滴尽千行泪,
不识同乡卢十兄。

傅兴女

百折难回烈女心,
沉冤犹自撄仇人。
一朝霹雳挈空下,
始信神龙是化身。

薛慰娘

返魂香艺践鸳盟,
掌上遗珠喜再擎。
一局橘蒲沉恨雪,
彼苍此际有权衡。

僧孽
倒悬号痛悲奇疾,
辄没金钱安在哉。
不是此僧能忏悔,
有人亲历九幽来。

长清僧
惊魂初定忆前身,
堕落何曾昧夙因。
风景不殊还旧寺,
应知侬是再来人。

三生

六道轮回悲堕落，
三生因果说分明。
非关爱马成奇癖，
记得前身伏枥情。

其十八

双飞曾说鸟同林，
竟起琵琶别抱心。
回首望乡台上望，
不堪重读白头吟。

四十千

一梦才回惊孽债，
笑啼空自惹人怜。
青蚨飞去昙花谢，
本利清还四十千。

祝翁 (完韵)

缱绻恩私悲永诀,
由来伉俪最情深。
从今白首同归去,
痴绝分香卖履心。

李伯言

抗直无阿鬼使迎,
一存私念火生槛。
从知阴律难宽假,
不似人间可徇情。

汤公

回头琐事记当年,
善恶分明在眼前。
只此性灵留一点,
慈航那得不垂怜。

连城

吟将新句献妆台，
傅得倾城笑靥开。
脔肉区区何足惜，
多情还肯殉身来。

阁罗

秀才未必尽迂儒，
生作阁罗或不诬。
试问阿瞒应记得，
当年包老即真无。

梦别

梦境依稀话别情,
蹉然相对感生平。
素车白马临丧日,
何异舆榇待巨卿。

促织

莎鸡达贡九重天,
责有常供倒不蠲。
何物痴儿

鬼作筵

儿妇居然庆再生,
而翁灵语句分明。
宾筵物馔须丰满,
不信冥中亦世情。

杜翁

误被勾魂向夜台,
归途底事尚徘徊。
劝君且合春花眼,
莫再牵连入笔来。

长治女子

才见闺房涌黑波,
又传利刃刺心窝。
芳魂未必甘驱遣,
无奈三章约法何。

考弊司

鬼名虚肚未前闻，
考弊如何不考文。
割肉竟容丰贿赂，
不知可许赎抽筋。

邵士梅

生前不遇鸡竿赦,
身后偏题雁塔名。
拟向释迦参果报,
是真是幻不分明。

梦狼

梦回无计破愁颜,
贺客盈门洞独潜。
省识官场真面目,
虎狼不必在深山。

陝右某公

凭將善惡判陰曹，
轉瞉人羊敎莫逃。
賴有救生功可贖，
不曾戴角只披毛。

国课何曾接引偿，
谁分私贩与官商。
泰河何日重挑浚，
应有人怒骨朵伤。

汪可受
后果前因资阅历，
轮回堕落为全诬。
莫将疆吏夸清贵，
记得三生事有无。

席方平

一心恋父,
竟离魂,
红日何由
照覆盆。
不遇二郎
神诀讯,
九幽呼呼
怨无门。

三生

三載研鑽，
一日爭，
何堪睛睛
掌文衡。
仇尋累世
難消釋，
不抉雙睛
怨不平。

林四娘

飘零身世感沧桑，
凄绝当年林四娘。
好句似含亡国恨，
曼声犹自度伊凉。

林四娘

青州道台陈宝钥,福建人。一天夜里,正在书房独坐,一位美丽的女鬼意外造访。她身着明朝的宫装,眉宇间流露出聪慧与幽怨交织的神情。交谈之下,得知她亦是福建同乡,姓林名四娘。林四娘能诗善歌,陈宝钥也不因她是鬼魂而骇异。两人诗酒相聚,结为隔世知己。四娘有时轻歌曼唱,歌声如泣如诉,那曲调中蕴含的哀婉与悲恻,催人泪下。原来,仅仅活了二十岁的林四娘,曾历经家亡国破之痛。

四娘的父亲在青州遭官司入狱,为了救父亲,她不远千里从家乡赶来,结果父亲瘐死狱中。四娘流落异乡,做了衡王府的一名宫娥。不久,清兵入关,青州失守,衡王府数千宫女玉石俱焚,四娘也难逃厄运。

即便已成为鬼魂十七年之久,那段悲惨的经历依旧如巨石般压在四娘的心头,让她无法释怀。每当她向陈宝钥述说生前往事时,泪珠儿便湿透了衣襟,哽咽难言。

三年的相聚时光匆匆而过,有一夜,四娘突然向陈宝钥凄然告别,说她即将重新投生,但也难测那等待着她的新的人生有几许悲苦、几许欢乐?这一夜,他俩愁眉相对,喝酒,难以下咽;唱歌,不能终曲。最后,四娘留下一首诗,那是她心乱如麻、悲伤难抑之作,还是难掩对故国的眷恋之情。

烛泪成堆,鸡鸣远扬,四娘缓缓离去。陈宝钥送她至门口,目送着这满怀愁恨的美丽女鬼,冉冉湮没,如烟、如雾,消失了。

梅女

枉法都因受盗钱,
夜台买笑亦堪怜。
伤心最是梅家女,
幽魂沉沦十六年。

梅女

山西封云亭,少年丧妻。某日,他来到省城太原,在客栈中遇到一位缢死的女鬼。那女鬼姓梅,生前,闺房遭贼偷,将贼人送交官府,官员受了贿赂,反而诬蔑她与贼人通奸。无法洗清冤屈的梅女上吊自尽。

梅女和云亭结成了隔世的好友,常来陪云亭聊天、嬉戏。用一根线"挑绷绷"是她的绝技。因为云亭喜爱听歌,她又代召了一个名叫爱卿的鬼歌妓,有时来唱歌消遣。

欢声笑语难免外传,事情被本地一位当官的史典史知道了。不久前,他的继妻顾氏死了,想通过云亭打探顾氏鬼魂的下落。多次央求,云亭答应请爱卿来让史典史当面询问。

谁料,当爱卿刚一露面,史典史却破口大骂"无耻",扔出一只碗将爱卿打得扑地而灭。云亭惊愕之余,阴间妓院的老婆子突然出现,她揪住史典史便是一顿痛打。从他们的争吵中,云亭才得知爱卿正是史典史的继妻顾氏。因为史典史贪赃枉法、无恶不作,顾氏才被罚作歌妓为他赎罪。正当老婆子痛打史典史时,恢复了缢鬼形象的梅女也现身了。她发出一声长长的惨笑,用银簪狠狠地刺向史典史的耳朵。原来,正是这个史典史诬蔑梅女与小偷通奸,致使她含冤自杀。

史典史狼狈而归,当晚便一命呜呼。梅女大仇已报,才告诉云亭,说她十六年前就已经投胎转世到了延安展家。为了报仇雪恨,她的真魂一直留在太原。她请求云亭带着她的真魂去延安寻找她的转世之身。云亭按照梅女的指引来到了延安展家,果然,展家一位十六岁的女儿至今痴呆不语。云亭一到,真魂入体,立刻成为正常的姑娘。她与云亭结为夫妇,高高兴兴回到山西,夫妻白头偕老。

纫针

弱息娇姿肇祸胎，
回生起死仗神雷。
争婚枉自生奸计，
天遣乘龙佳婿来。

纫针

王心斋，是个老实无用的读书人，妻子姓范，十七岁的独生女儿名叫纫针。

王家生活拮据，不幸欠下富户黄某的阎王债，本利积欠三十两银子。黄某扬言，三日内不还，便将纫针抬去作妾。心斋只会躲在床上流泪，范氏带着纫针求亲拜友，四处奔走，从早到晚连一两银子也没有借到。傍晚，母女二人心灰意冷，相依坐在一户人家檐下，泪流满面。

这户人家姓虞，主人经商在外，主妇夏氏心地善良。她听了纫针母女的遭遇，心生同情。盘算了半日，夏氏毅然决定，在短短两天内典当首饰、向亲友借贷，筹足三十两银子交范氏去还债，把这美丽温婉的姑娘从虎口中救出来。

张罗了一天，夏氏总算把银子凑齐，没想到，窃贼半夜潜入家中，将银子悉数盗走。夏氏醒来发现银子被盗，想到无法挽救纫针的命运，又急又气，竟挂起绳子上吊自尽。家中仅有小婢一人，见状慌忙找回丈夫，哭哭啼啼，置办棺木，料理后事。

次日，纫针闻讯赶来，得知夏氏为救她而丧命，悲痛欲绝。她如同亲生女儿般跟随在棺材之后，送葬至墓地。突然，天色骤变，风雨交加，一声霹雳震天响，竟将棺盖劈开，夏氏奇迹般地死而复生，坐了起来。而纫针却被雷电震晕过去。紧接着，又一声更响亮的雷鸣传来，纫针被雷声震醒。与此同时，村头传来马大老婆的哭声，原来马大刚刚被雷劈中，身上赫然写着"偷夏氏银之贼"几个大字。

纫针拿着失而复得的银子还清了债务，从此将夏氏夫妇视为再生父母，生活在一起。

窦氏

啮臂当时强缔盟，
如何垂弃等尘轻。
奇奇怪怪频修怨，
不杀王奎恨不平。

窦氏

年轻的地主南三复,以狡黠的手段诱奸了佃户的女儿窦氏,直到婴儿呱呱落地,窦氏才看清了南三复的鬼蜮心肠。他之前所许下的种种承诺,不过是空洞的谎言。现在,他正在为迎娶一位妆奁丰盛的新娘而忙着哩。

产后虚弱的窦氏,怀抱婴儿,在南府大门外双双悲惨离世。老佃户因告状受到责罚,在家中自缢身亡。

这样的事屡见不鲜,但故事并未就此结束。南三复顺利成婚,享受着建立在三条人命上的幸福。新婚三天后,当新郎新娘在新房内甜蜜相守时,忽然有人来报告说新娘在后园自缢了。那么,新房中的女子又是谁呢?她惨然一笑,颓然倒下,却是死去一个多月已经下葬的窦氏。

又是命案又是盗尸案,告状的人已不是佃户,而是有势力的新岳父。南三复广施贿赂,脱掉一层皮才摆脱牢狱之灾,从此他的臭名传遍四方,无人愿与他结亲。

南三复不得不到百里之外,去聘曹家的女儿为继妻。不久,因逃避皇帝选秀女,曹家匆匆送亲来了。新娘先到,下轿后,羞涩地进入房间躺在床上,用薄被遮住脸庞。望了许久,曹家送亲者却迟迟未到,南三复疑惑地掀起被子看看新娘,啊!已经断了气,而且并不是曹家姑娘。那这又是谁呢?官府验尸发现她是本城乡绅姚家的女儿。她死后一天尸体失踪,却赤条条地躺在南三复的床上。

又是一场无头官司,南三复莫名其妙地坐了几年牢,最终还是靠金钱打点才出了狱。刚走出牢门,他突然跪倒在地,双手猛扇自己的耳光,嘶喊着:"我该死,我该死!"随后,他像疯子一样奔向大河边,噗通一声,跳入河中,连尸体都没有浮起,一身臭肉喂了鱼鳖。

聊斋志异图咏

考城隍

人生百行孝为先,
明义开宗第一篇。
泣涕陈情予假日,
欢承萱草喜延年。

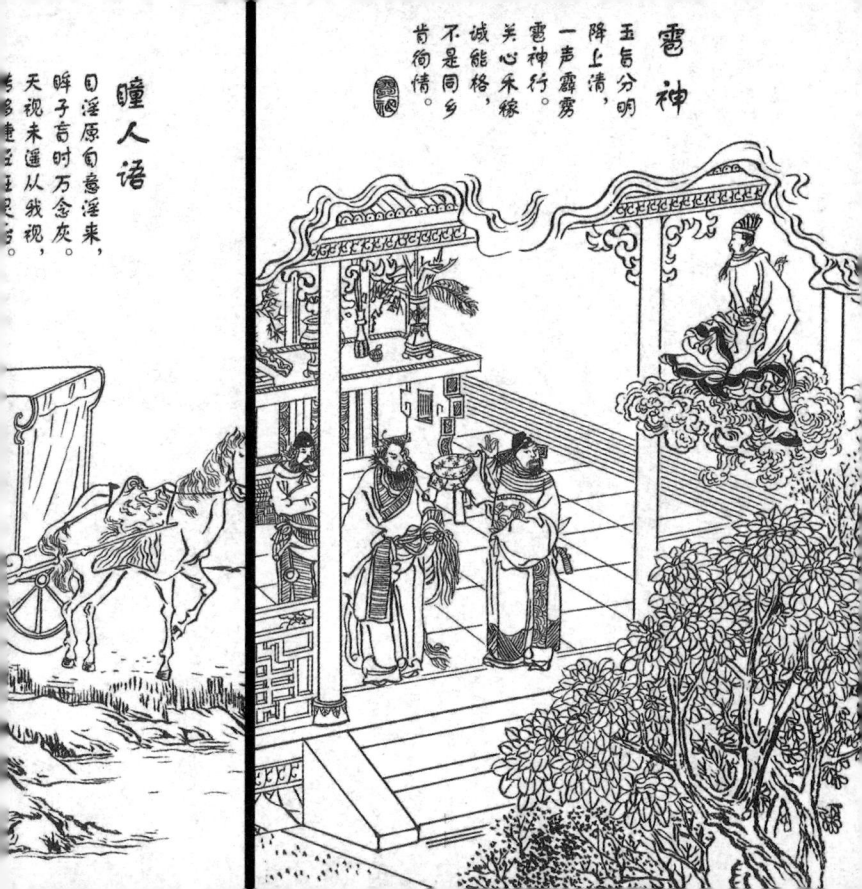

雷神

玉旨分明，
降上清，
一声霹雳
雷神行。
关心采缘
诚能格，
不是同乡
肯徇情。

瞳人语

目淫原自意淫来，
眸子言时万念灰。
天视未遑从我视，
请多违玉忍方。

鹰虎神

神名鹰虎竟何由，
能使伧儿返自投。
三百青钱原细事，
只怜道士若楚修。

陆判

易却心肠更面目,回天手段最堪称。
陵阳庙貌今何在,请与先生订酒朋。

龙蜃

不游海国困书城,岂是蛟龙蜃未惊。
一旦出为天下望,终教霖雨慰苍生。

雷曹

踏波而出攀云上,
手摘星辰行雨回。
神振皆由人事致,
少微有耀发珠胎。

西湖主

一幅红巾题好句,
美人真个最怜才。
酬恩合共长生诀,
会向龙宫发迹来。

柳秀才

绿衣急现秀才身,
不独蝗神柳赤神。
待至秋成隆报赛,
祝他陌上早回春。

阎王

创血殷然渍锦茵,
小郎有语漫生嗔。
而今勉诵盂斯句,
莫把金针更度人。

山神

良宵欢叙各衔杯,
赚得老鳖入座来。
不是山神惊各骰,
个中祸福尚难猜。

鄱阳神

木偶非将坐位争,
同宗邂逅岂无情。
鄱阳湖里风涛急,
小艇如飞破浪迎。

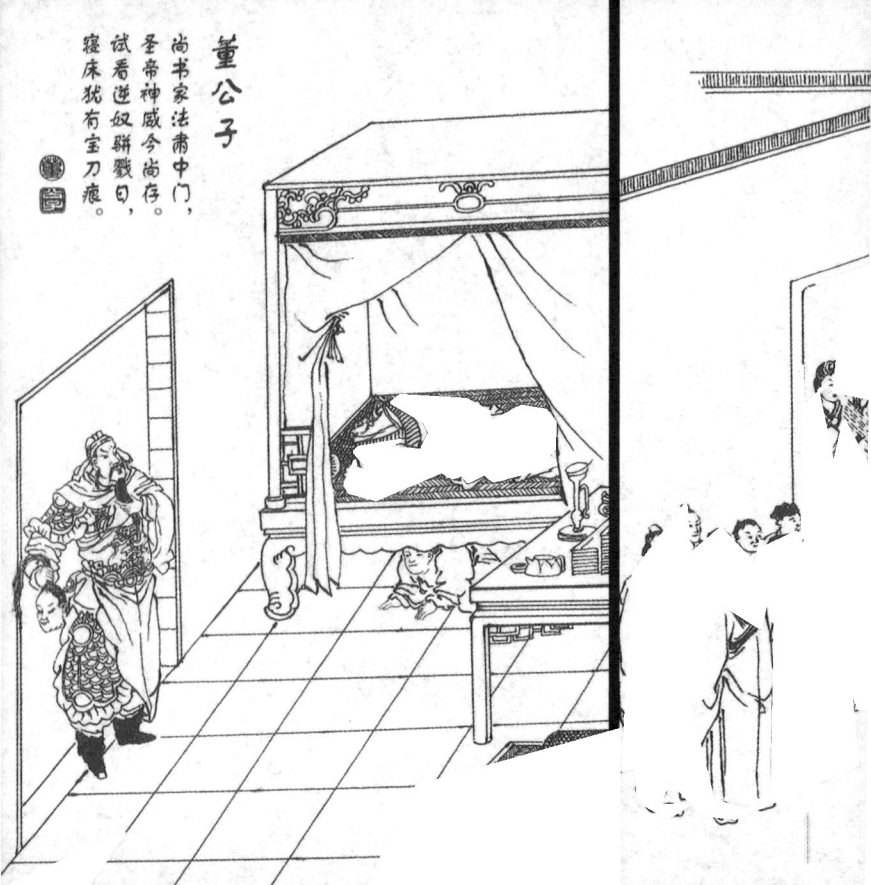

董公子

尚书家法肃中门，
圣帝神威今尚存。
试看逆奴骈戮日，
寝床犹有宝刀痕。

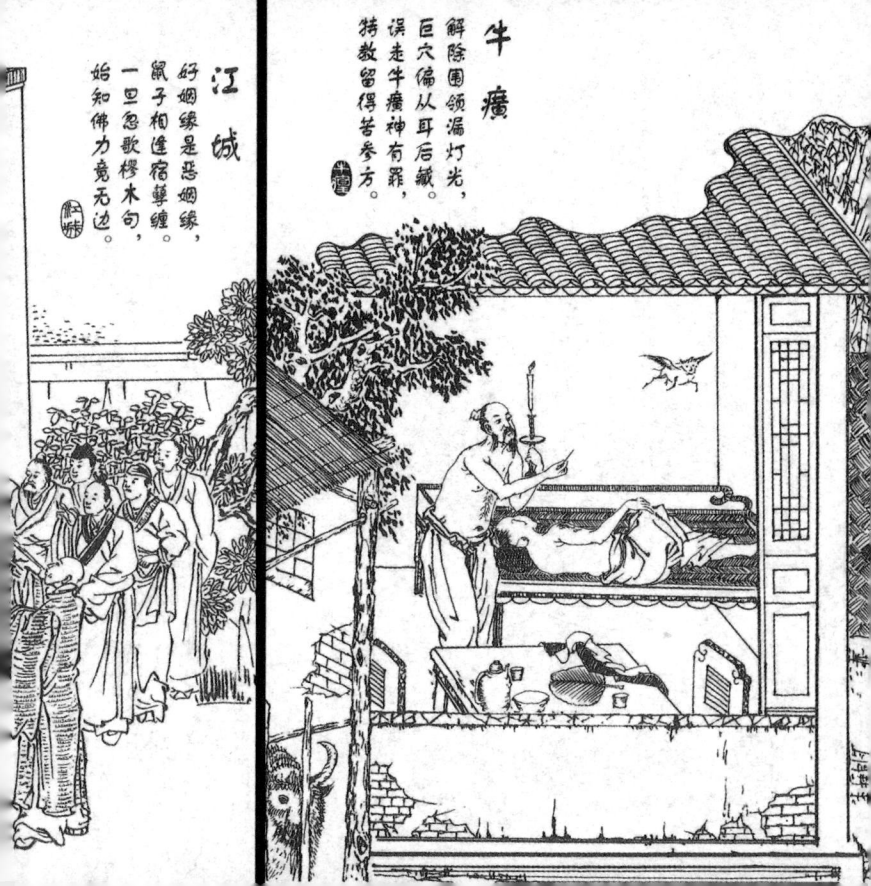

牛癀

解除围领漏灯光，
巨穴偏从耳后诚。
误走牛癀神有罪，
特教留得苦参方。

江城

好姻缘是恶姻缘，
鼠子相逢宿蘖缠。
一旦忽歌樱木句，
始知佛力竟无边。

梓潼令

蕉鹿当年笑郑人,
迷离倘恍总非真。
梓潼再任老几兆,
梦到雷同梦更神。

金姑夫

双双塑像事荒唐,
狐鬼凭依作婿乡。
烈魄真魂空受玷,
小姑居处本无郎。

冤狱

一时谰语疑相迷,
据作爰书骇听闻。
太息怖民都愤愤,
沉冤何处诉将军。

嫦娥

离离合合事离奇，
再合何妨永不离。
尝尽人间离别苦，
神仙也是感情痴。

张不量

执概从无一取盈,
如何偏得不良名。
若非贾客亲相访,
赏罚安能示众生。

孙必振

金字书名云里见,
风狂雷急浪相撞。
诸人俱切向舟谊,
会看轻帆稳渡江。

岳神

问谁妙手擅回春,
不信巫医隶岳神。
今日勾魂非一类,
岂徒十万八千人。

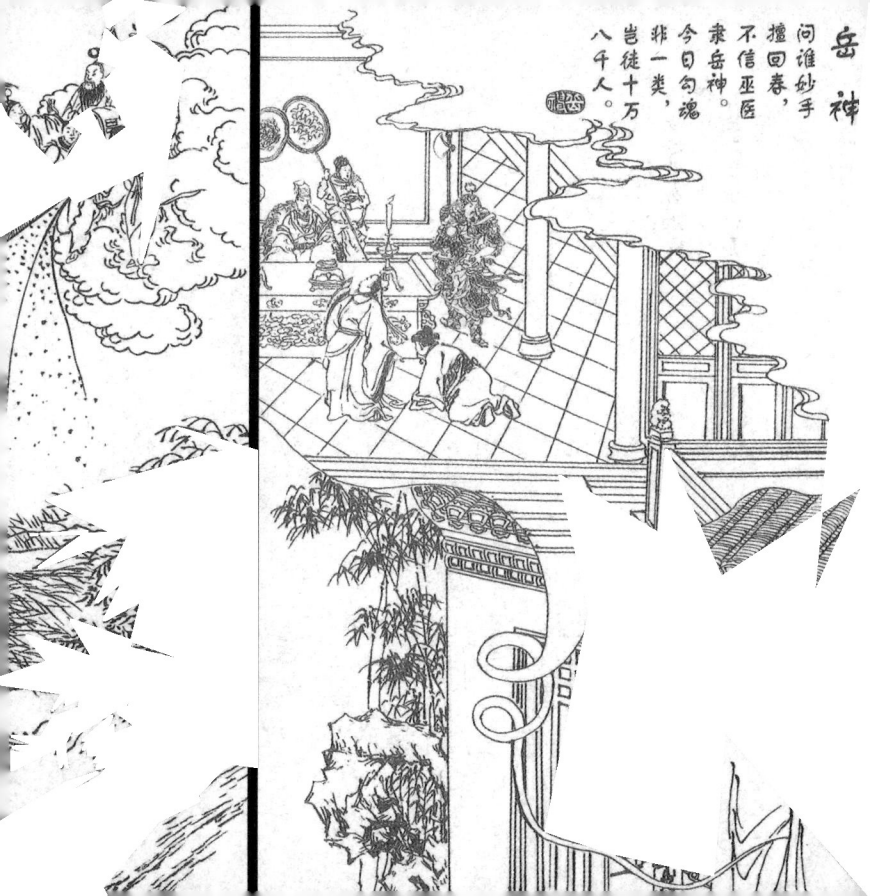

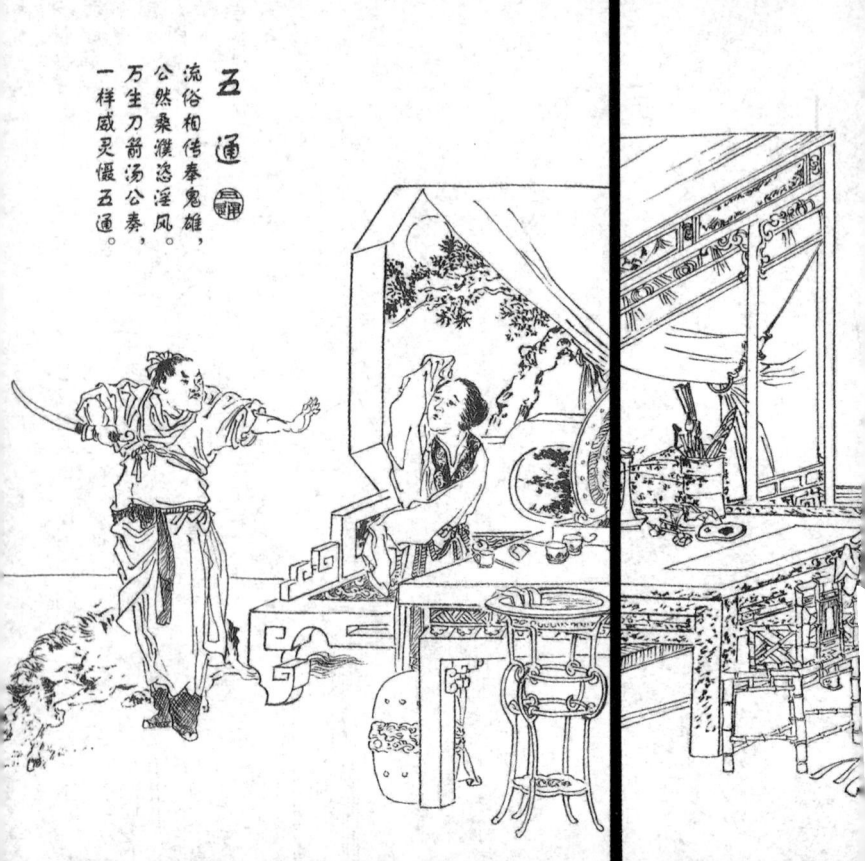

五通

流俗相传奉鬼雄,
公然桑濮恣淫风。
万生刀箭汤公奏,
一样威灵慑五通。

五通第二

五通神祇一通存，

书
不信书中竟有魔，
玉颜金屋两无讹。
祖龙一炬虽由数，
也怪痴儿福来多。

痴

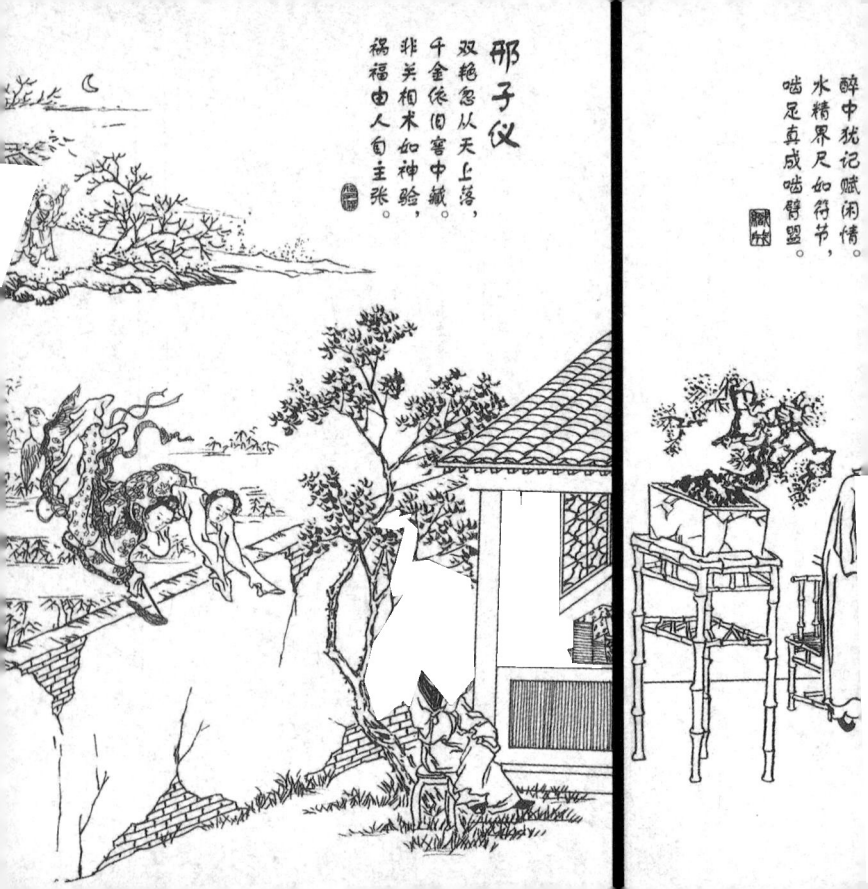

邢子仪

双艳忽从天上落，
千金依旧窖中藏。
非关相术如神验，
祸福由人自主张。

醉中犹记赋闲情。
水精界尺如符节，
啮足真成啮臂盟。

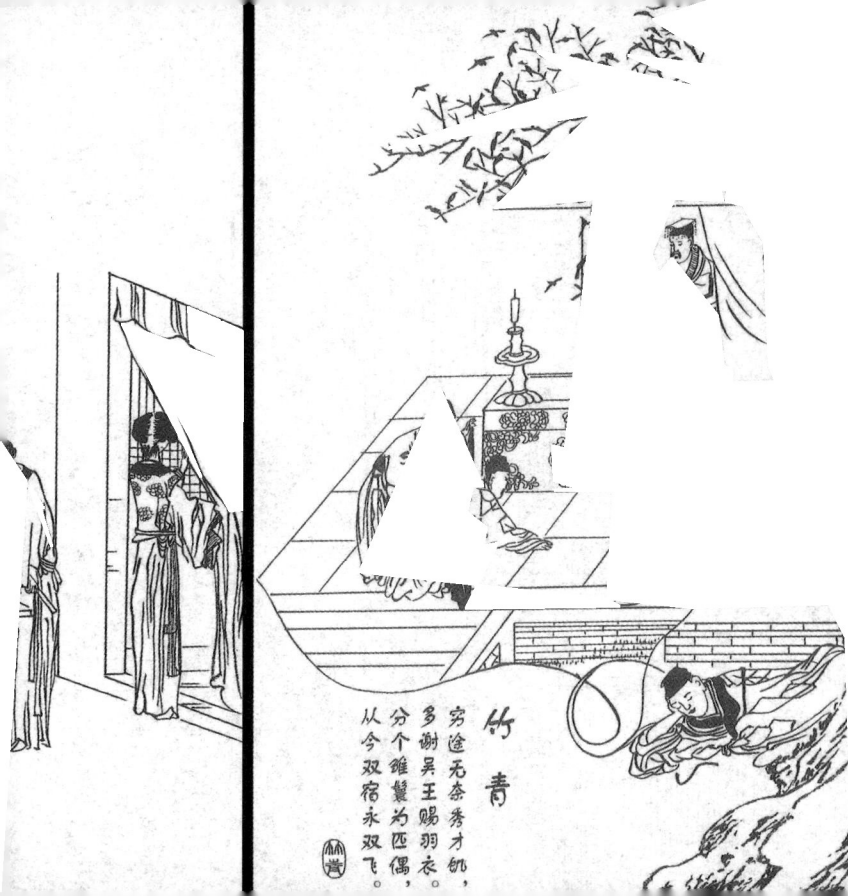

竹青

穷途无奈秀才饥，
多谢吴王赐羽衣，
分个雌鸾为匹偶，
从今双宿永双飞。

柳生

婚媾偏从
匪怼来,
充囊且喜
富资财。
人间怨偶
知何限,
惜少神通
与挽回。

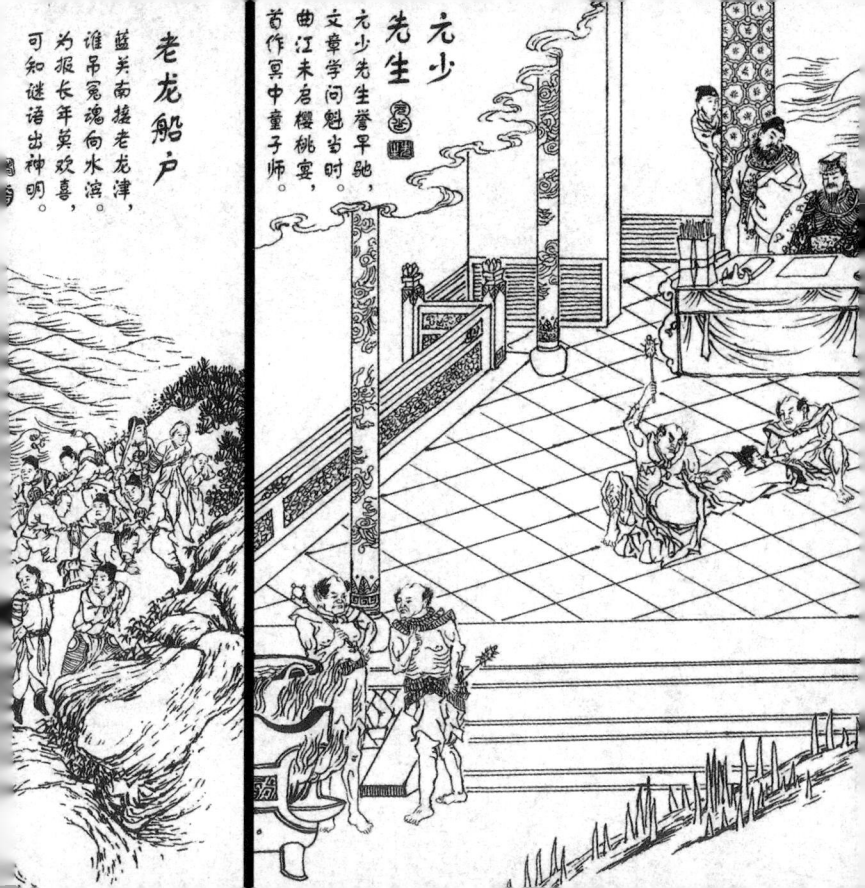

元少先生

元少先生誉早驰,
文章学问魁当时。
曲江未启樱桃宴,
首作冥中童子师。

老龙船户

蓝关南接老龙津,
谁吊冤魂向水滨。
为报长年莫欢喜,
可知谜语出神明。

周生

翻翻书记页才名,
五色花从笔底生。
莫讶一朝埋玉树,
谁教亵语渎神明。

布商

溪壑难盈秀子心,
借将佛面乞多金。
若非菩萨慈悲力,
防海将军何处寻。

韩方

至性应推田舍奴,
床头黄纸亦灵符。
不知疫鬼缘留且,
狱帝聪明觉得无。

画壁

微笑拈花壁上姝,
疑云疑雨两模糊。
从来幻境由心造,
试问黄粱梦有无。

崂山道士

愿学神仙一念痴,
樵薪苦草苦难持。
只求授得穿墙术,
似此居心已可知。

成仙

自经论系世情灰,
学道名山去后回。
梦醒寺家如敝屣,
故人偕我上清来。

道士

也从尘世论交游,
鄙薄人情示可羞。
幻出石家双姊妹,
薰犹气味各相投。

苏仙

仙人消息近如何,
桃实年年墓上多。
空剩浣衣河畔石,
绿苔一缕漾春波。

丐僧

诵经略见楚修苦,
剽刃无嫌解脱迟。
莫怪老僧如此化,
老僧原不欲人知。

单道士

妙术不传纨绔子,
神仙游戏本无求。
城门头碑人睬否,
去到青州市上游。

宫梦弼

今日尘沙足滞贫。
昔年金玉等沙尘。
平原好客成虚话,
毛遂应推第一人。

白于玉

偶然假馆涧红尘,
旅跨青鸾返玉宸。
预为居停谋嗣续,
尊前留得紫衣人。

刘海石

妖祸潜兴几莫逃,
何期援手有同袍。
姬羞僮急成惟悴,
犹是哀鸣惜一毛。

赌符

未了贪心博局开，
此中胜负本难猜。
灵符倘许相传受，
一掷何妨百万来。

番僧

掷来一塔无偏倚，
展出双胚互屈伸。
莫讶番僧多异术，

翩翩

疮痍余生竟遇仙,
仙人风度信翩翩。
他年鼓枻重相访,
洞在白云何处边。

续黄粱

捷南宫意气扬,
闻誉语更翩翾。
僧察不是邯郸道,
也作黄粱梦一场。

罗刹海市

妍媸倒置亦奇闻,
海市遥开万里云。
毕竟文章能富贵,
水晶宫里拜龙君。

上仙

蝙蝠飞鸣听不真,
楚香锦坐夜逡巡。
上仙纵使非和缓,
诗酒风流亦可人。

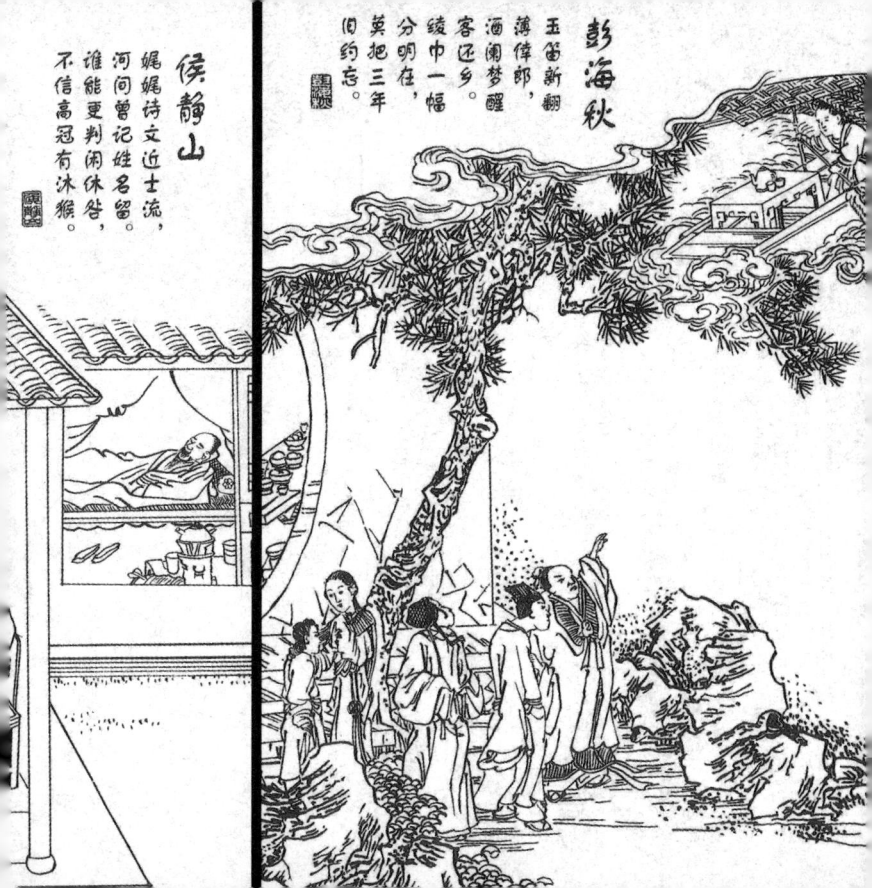

彭海秋
玉笛新翻薄倖郎,
酒阑梦醒客还乡。
绫巾一幅分明在,
莫把三年旧约忘。

侯静山
娟娟诗文近士流,
河间曾记姓名留。
谁能更判闲休咎,
不信高冠有沐猴。

罗祖

妻孥久别幸平安,
决绝如何一旦拚。
檀越能将刀放下,
便成佛祖亦非难。

仙人岛

轻薄漫矜才子气,揶揄将奈美人何。仙人岛上归来后,始把宝花视甲科。

青娥

穴垣曾探绣房春,凿石重联洞府姻。道士赠镵如有意,度他孝子作仙人。

甄后

当年平视可分明,
修道重逢又几生。
不信洛川旧神女,
陈思而外更钟情。

鞠药如

隔弦断后卉家行,
道服归来术已成。
衣杖腾空留不得,
仙乡情重故乡轻。

钟生

北堂寿宴庆重开,
桂子香分两袖回。
凤箪消除佳偶协,
都从纯孝性中来。

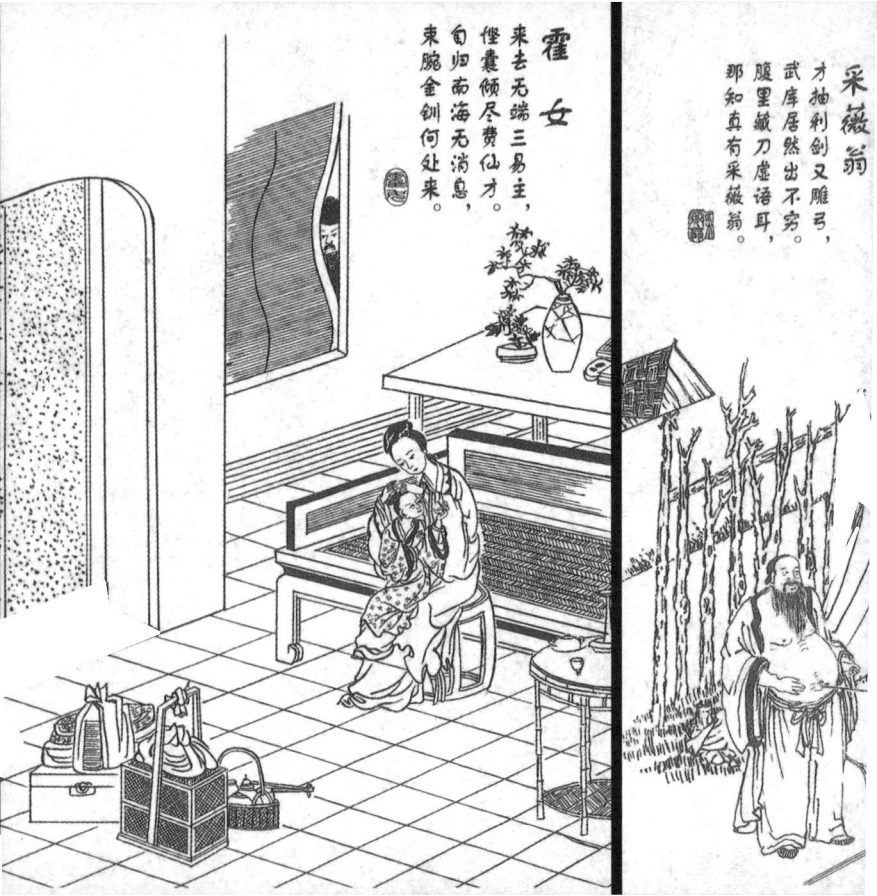

采薇翁

才抽利剑又雕弓,
武库居然出不穷。
腹里藏刀虚语耳,
那知真有采薇翁。

霍女

来去无端三易主,
俚囊倾尽费仙才。
旬归南海无消息,
束腕金钏何处来。

李生

精舍三楹聊借榻，
一肩瓢笠雪中行。
牵驴浴罢飘然去，
不作寻常离别情。

杨大洪

何须吹笛与周旋,
何必投金向水边。
我笑道人多客气,
世无忠孝不神仙。

绩女

翠黛朱樱想玉容,
银河迢隔暮重重。
青天碧海飘然去,
赢得新词唱傻侬。

五色纷纶目易迷,
可知才命两难齐。
乱仙不作模棱语,
好待宗工与品题。

真生
财本流通故号桌,
且施且贾计良便。
真生幸得知心侣,
仙术何妨信口传。

素秋

阿兄脉望已成仙,
阿妹俦人剧可怜。
控卫忽忽留秘术,
蓬莱远望只云烟。

瑞云

青衫红袖两多情，
敢为妍媸负旧盟。
美满姻缘成就日，
心香一瓣谢和生。

贾奉雉

一枕游仙梦乍回，
荣华转眼剩寒灰。
少年盛气消磨尽，
自有楼船接引来。

乐仲

至孝几同不孝论,
幸哉一索占初婚。
破除常戒持心戒,
两朵莲花现股痕。

石清虚

异石玲珑竟不顽,
屡遭攫窃屡珠还。
笑他海岳庵中客,
泪滴蟾蜍别研山。

三 仙

定是葫芦有夙因,
不然遇合抑何神。
文章出自仙人笔,
得意秋闱第一人。

乱仙

岂是仙人属对精,
地名巧合本天成。
预知董埜城南路,
幻术通灵亦可传。

粉蝶

天风吹送上仙山,
学得瑶琴一曲还。
蝶自恋花花引蝶,
双飞双宿到人间。

房文淑

来似无端去绝踪,
难将首尾见神龙。
料应凤世奇缘合,
天赐麟儿一笑逢。

偷桃

此日官民作胜游,
演春俗例旧传流。
戏从天上阶升去,
掷地仙桃曼倩偷。

群驴甫饮又群羊，
凉水真成解毒方。
造法不知谁作俑，
可怜幻雅受奇殃。

妖术

倚剑挑灯胆气粗，
妖人幻术敢相图。
早知生死由天定，
卑识如公信丈夫。

小二

全凭片语指迷津,
自是聪明绝世人。
邻里休惊多异术,
白莲花现女儿身。

跳神

酒肉罗陈鼓抑扬,
婆娑作态类癫狂。
老巫纵属畸邪术,
也赚闺中歌泣多。

小人儿

肢体矮柔供戏具,
由来鬼蜮偏江湖。
试听诉供言如绘,
左道庄严两观诛。

僧术

芭苴竟可达幽冥,
白足何人术亦灵。
可惜惺惺心未化,
千钱只许得明经。

雹神

灵祀谁敢击池鱼,
司雹相传李左车。
试看黑云头上护,
可知稗贩语非虚。

阿织

故剑飘零恩不禁,
重来应为感恩深。
分居不惜分金粟,
犹谅区区爱弟心。

花神

花宫折节礼才人,
草檄争夸笔墨新。
自此封姨应敛迹,
年年留得十分春。

蓮花公主

梦魂谁信逐蜂衙,
溱水莲开一朵花。
仓卒愧无金屋在,
误人好事是长蛇。

莲花公主

夏日昼长,秀才窦晓晖正在午睡,忽然有一个厮仆来请他赴宴。引他到一处陌生地方,叠阁重楼,千门万户,似乎是一座宫院。晓晖在贵官的陪同下,步入一座雕梁画栋的大殿,匾额上题着"桂府"二字,晓晖晋谒了国王,接着,宴会在悠扬的乐声中开始。席间,国王微笑着说:"朕有个上联:'才人登桂府',谁对个下联?"晓晖不假思索地回应道:"君子爱莲花。"国王闻言大笑,称赞道:"真是天作之合,朕的公主正好名唤莲花,不可不与君子一见。"

随着国王的命令,莲花公主款步上殿,她的眉目如画,腰肢纤细,美貌倾城。晓晖心生爱慕。国王见状,便将莲花公主许配给晓晖,交拜后送入装饰一新的洞房。

公主的寝宫里芬芳四溢,宛如置身百花园中,令人陶醉。第二天清晨,晓晖仍沉浸在幸福的氛围中,突然宫女们惊慌失措地奔来报告:"妖入宫门,大祸临头!"晓晖急忙去见国王,得知一条巨蟒闯入王宫,吞噬了无数百姓。国王含泪对晓晖说:"国家遭此大难,朕的皇位难保,你带着莲花速速离开此地。"晓晖心中焦急,立刻返回寝宫,带着莲花和三个宫女匆匆逃离王宫寻路回家。回到家中,莲花公主扑在枕上痛哭失声。晓晖悲愤交加,猛地一脚踏在地上,却惊醒了过来。原来这一切只是一场梦。但莲花的嘤嘤哭声仍清晰可闻。晓晖起身一看,只见四只小蜜蜂在枕边嗡嗡飞舞。

晓晖猛然想起,原来邻园真有一座蜂房。他急忙跑去查看,啊!只见一条蛇正盘踞在蜂房内,无数蜜蜂正围绕着它飞舞。晓晖将蛇打死,在自己院中重新建起一座蜂房。不久,所有的蜜蜂都迁入新居,而莲花公主也化作一只蜜蜂,飞入了蜂群,再也分辨不出她的身影。

蕙芳

曲蘖生涯口役糊,
何期中馈有仙姝。
相离莫谓难相见,
记取唐宫乞巧图。

蕙芳

挑担卖面的小贩马二混,为人诚朴忠厚,家里很穷,与年迈的母亲相依为命,苦度光阴。

一天,家里来了个美丽的姑娘,自报姓名叫董蕙芳,一定要嫁给二混。母子俩惶恐不安,苦苦拒绝,蕙芳硬是留下不走。

成婚后,奇迹出现了。站在门外,看到的仍然是那两间破旧的草房,屋内陈设简陋,几乎一无所有。一踏入门槛,眼前的景象让人瞠目结舌:华丽的雕梁画栋,宽敞明亮的房间,精致的桌椅帘幕,宛如置身于仙境之中。邻人来串门,见到的仍是家徒四壁。身上穿的衣服,在家里明明是锦缎皮裘,出了门,一样的柔软温暖,看起来却成了粗布旧袄。

蕙芳还带来两个婢女,二混母子从来没有使唤过人,怕折福,又愁养不活。两个婢女却从身上取下皮袋,伸手去掏,要啥有啥。美味佳肴,还冒着热气哩。

二混心知是遇到了仙女,但他为人老实本分,从不在别人面前炫耀夸说。白天依旧挑着担子走街串巷,卖着面条,晚上过着神仙般的日子。

这样过了四五年,蕙芳忽然要告别了。原来她是天王母侍女董双成的妹妹,因犯错被贬下凡间,如今期限已满,要回到天上去了。

佟客

慷慨襟怀负半生，
如何家室顿萦情。
异人别有知人术，
忠孝关头辨得清。

佟客

徐州董某，痴迷于剑术，自负有侠义之心。

某日，他路遇辽阳客佟某，两人交谈，董某自夸其忠臣孝子的品性，可惜没有异人剑客赏识他。佟客只是点头微笑。

董某心血来潮，取出珍藏的利剑展示给佟客。佟客却轻轻一笑，从怀中掏出一把小剑，削向董某的剑。剑光闪烁间，董某的剑如削瓜般应手而断。

董某惊愕之余，对佟客的宝剑赞叹不已，遂邀其至家中一叙。谈及剑术，佟客依旧微笑不语。董某误以为佟客不懂剑术，便又滔滔不绝地讲起异人剑客、忠臣孝子这一类话。

正当此时，邻院突然传来阵阵喧嚣，原是强盗袭击邻院，逼迫董某父亲交出儿子。父亲的惨叫让董某坐立不安，他拔起长矛欲冲出去，却被佟客一把拉住，说："令尊命在旦夕，当然要救，不过强盗人多，此去恐难生还，你是否先和夫人诀别，交代完后事，我与你一起去救令尊。"

董某转身来到内室，将情况告知妻子。妻子泪眼婆娑，紧紧拉住他的衣襟不放。此时的董某壮志顿消，勇气全无。他也不管正在挨打的父亲，却拉着妻子飞奔上楼，堵住楼门，躲在窗后窥测动静。

就在董某忧心忡忡之际，忽听佟客在屋檐上哈哈大笑，他高声说道："强盗已走，请放心。忠臣孝子，咱们后会有期！"董某从楼窗望去，邻院恢复了宁静，父亲正提着灯笼从外村归来。这一刻，董某羞愧难当。他意识到自己并非真正的忠臣孝子，而佟客才是真正的异人剑客！

鸟语

鸟语嘲啾未易知
何来道士为通词。
银铢蜡炮贪无厌,
待至抛官悔已迟。

鸟语

村里来了个乞食道士，热情的村民们争着让他吃得饱饱的。就在这时，柳枝上一阵黄鹂啭鸣，道士静静地听着，然后告诫村民们要小心火烛，说那些黄鹂在说"大火可怕"。村民们只是笑着，没有当真。可谁承想，第二天，村庄真的遭遇了一场火灾，多户人家遭受了损失。

这件奇事很快传到了县老爷的耳中。他派人将道士请到衙门。道士刚一坐下，一群鸭子便从后院"呷呷"地踱步而来。县老爷问："这些鸭子在说什么，你能听懂吗？"道士微微一笑，回答道："它们正在说'罢，罢，罢，你偏向她'。"县老爷一听，顿时惊呆了。因为他刚才在劝解自己大小老婆的争吵，而大老婆正好说了这句话。于是，县老爷决定让道士在衙门住下。

这位县老爷是个贪官，家里的一切开销都要从百姓身上搜刮。有一天，那群鸭子又"呷呷"地踱来。县老爷问道士："这回鸭子又在说什么？"道士听了片刻，说："现在它们说的是'蜡烛一百八，银朱一千八'，似乎在算账。"这两句话正好是县老爷刚才在内房对差役说的。县老爷听后，怀疑道士在讽刺他的贪心，脸色顿时变得很难看。

又过了一段时间，县老爷宴请当地的士绅，道士也受邀参加。席间，一只杜鹃突然飞到客厅，喳喳地叫个不停。客人们问道士："道长，那杜鹃在说什么？"道士微笑着回答："杜鹃的说话很不吉利，它说'贪心太大，丢了乌纱'，至于指的是谁，我就不知道了。"县老爷一听，顿时勃然大怒。他认为道士这是在公然挑衅自己，于是以妖言惑众的罪名将他押送出城。

三天后，上级的文书到了。县老爷因贪污被革职，也被押送出了县城。

齐天大圣
寓言八九本邱翁,
流俗相沿拜悟空。
一自回生施法力,
笑君刚直易初衷。

齐天大圣

潮州民间,百姓都供奉齐天大圣,就连常年在潮州经商的山东客商许成,也对齐天大圣的威灵显赫深信不疑。

初次随哥哥到潮州的许盛却对此嗤之以鼻。在他看来,孙悟空不过是《西游记》中虚构的一只猴子罢了,怎能与天上的神仙相提并论?他在大圣庙中公然质疑,言辞犀利,令在场的香客们纷纷掩耳避之不及。许成见状,大为光火,责令弟弟到神像前叩头谢罪。许盛性格倔强,毫不理会,愤然离去了大圣庙。

数日之后,许盛的腿部突然生疮,短短三五日内便红肿溃烂,痛苦不堪。客栈主人见状,断言这是大圣的惩罚。许成苦劝弟弟到大圣庙忏悔祈福,许盛却坚称这不过是巧合,只愿求医问药,绝不承认孙悟空有任何神通。

一个月过去,许盛的疮口渐渐愈合,而许成却突然病倒,且病情日益严重,不到半月便撒手人寰。此事一出,潮州民间议论纷纷,指责许盛得罪了大圣,大圣迁怒于哥哥。许盛闻听此言,愤怒不已,跑到大圣庙,指着神像大声喝道:"若真因我而惩罚我哥,你便将我哥放回,将我抓去!若你不灵验,明日我便来拆你的庙,扒你的神像!"他这番话并非虚言恫吓,而是真的准备付诸行动。

奇迹发生了,许盛回到客栈后,哥哥许成竟复活了。这一幕令许盛不得不信,他急忙备下祭品香烛,一步一跪前往大圣庙叩谢,并做好了受罚的准备。过了三天,一个褐衣人突然来请他借一步说话。刚离开客栈,一霎间,已经身处云端了。褐衣人说:"莫怕,莫怕,老孙请你一试筋斗云。俺欣赏你的刚正不阿、直言不讳,才饶恕了你。做人就应该像你这样坦荡、直率。"说完,手一推,许盛便发现自己仍然坐在客栈里。而大圣的话似乎还在耳边回响。

寒月芙蓉

能将幻术惊官宰,
顷刻花开术亦神。
拍案大家齐叫绝,
受刑人是滥刑人。

寒月芙蓉

济南有一位道人,他的真实姓名无人知晓,常年身着简朴的单道袍,用半只梳子为道冠。

无论寒冬酷暑,他都夜卧街头。下雪天,冰雪离他几尺远。有人抢他的腰带,腰带竟瞬间变成一条大蛇,一松手,腰带又恢复如初。

济南的达官贵人们听闻了这位道人的神奇之处,纷纷邀请他赴宴、作法、表演幻剧。

那年冬天,道人突然提出在大明湖的"天心水面亭"宴请老爷们,众官都欣然赴会。当他们到达时,却发现亭子里空空如也。道人毫不在意,他笑呵呵地取出笔来,在粉墙上画出一道门。门一开,里面仿佛是个宝库,又像是个厨房,人影幢幢,一个个忙着搬运桌椅屏幔到门边候着。道人又请众官的侍役帮忙从门外接过来,一霎间,水面亭便被布置得如同仙境一般,富丽堂皇。入座后,美酒佳肴陆续从门内搬出,茶香酒洌,热炙腾熏,烹调之精都堪比名厨。

宾客们酒酣耳热之际,面对冬日萧瑟的大明湖,叹息道:"今日盛会,若是能观赏到十里荷花,定会更添几分雅致!"道人哈哈一笑,忽有侍仆来报:"湖上已长满了新荷叶!"官儿们急忙推开窗户眺望,啊!只见田田青绿弥望,还矗立着千百箭粉红黛白的嫩苞;阳光掠过湖面,数不清的荷花瞬间怒放,朔风阵阵,荷香沁鼻醒脑。直到酒阑席散之际,平地刮来一阵狂风,瞬间,荷花凋零,荷叶枯萎,荷梗折断,亭子里的家具器皿也一齐被吹进墙里。

后来,道人得罪了济南知府,知府升堂将道人按在地上打板子,道人哇哇大叫,而知府屁股的血却渗透了纱袍。知府无奈,只得将道人押解出境。一到城门口,闪眼间,道人便失去了踪影。

菱角

满地兵戈怅别离,
终朝瞻屺诵风诗。
夫妻同感慈悲力,
新妇欢迎阿母时。

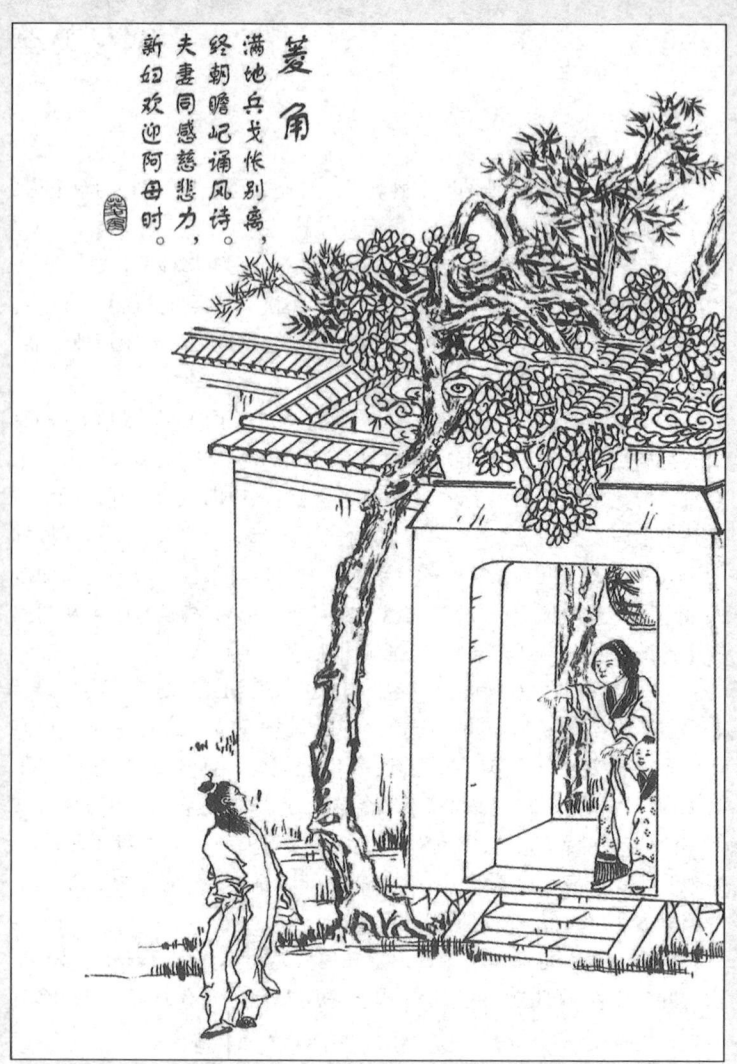

菱角

　　胡大成,湖南某县人,父亲不在了,母亲信佛,也一向按佛家的主张济贫扶困。大成十四岁时,与青梅竹马的邻家姑娘菱角订了婚。

　　两年后,大成按照母亲的吩咐,前往湖北探望病重的伯父,到湖北不久,伯父离世,而湖南又遭遇了兵乱。流落异乡的大成有家难回,只能在一个村庄里暂时安身。某日,村头出现了一位自卖自身的老婆婆,条件是希望成为人家的母亲。村里人只是当作笑谈。大成去一看,觉得老婆婆与他母亲有几分像,触动了思亲的情怀,便将她带回家,如同对待亲生母亲一般孝敬。

　　这对义结的母子相依为命,大成靠打短工维持两人的生计。半年过去了,湖南的乱事仍未平息。一日,那位"买"来的母亲突然离家未归。大成正在惦念,门外传来了阵阵哭泣声。走出门一看,太奇怪了,原来是远在湖南的菱角。菱角哭诉说,原来在兵荒马乱之中,一位姓周的豪绅强行要娶她,就在她被揉进花轿抬着去成亲,半路上感到跌出轿外,被一位老婆婆扶着一路飞奔至此,老婆婆却不见了。大成问了形貌,正是大成"买"来的母亲。路途遥远,怎么能把菱角接来呢?大成与菱角惊喜交加,猜不着是哪位神佛在暗中庇佑他们。就在这时,门外有妇人在叫门,他们想,一定是老婆婆回来了。急忙打开门,啊,又是一件奇事!站在门外的老妇人"买"来的母亲,而是大成日思夜想的亲生母亲。她说,她是在乱兵中由一匹金毛吼驮来的。

　　金毛吼是观音的坐骑,看来那老婆婆正是观世音菩萨!

云萝公主

土木为灾莫漫嗟，
六年琴瑟乐无涯。
早为狼子谋深图，
始信仙人善作家。

云萝公主

在河北卢龙，有一位名为安大业的英俊少年，聪敏韶秀，举世无双。十六岁那年，有一位云萝公主如同天外来客般降临，她说与大业有六年的夫妻之缘。婚后，公主生了两个儿子，哥哥大器，弟弟可弃。

六年光阴匆匆而过，公主返回天宫前，嘱咐大业，说可弃有豺狼之相，今后会成为父兄的负累，必须为可弃找一位侯姓姑娘，肋下有一小瘤的为妻，或许能管得住可弃。

兄弟俩的性格果然天壤之别，大器温文尔雅、勤奋好学；可弃桀骜不驯、顽劣异常。大器十五岁中秀才，年仅十一岁的可弃却已沾染上了偷窃与赌博的恶习。父亲多次将他捆住痛打，但一松绑他便又是老样子。那位生瘤的侯姓姑娘倒找到了，她比可弃小四岁，是位无业醉汉的独生女。

大器在十八岁时迎娶了云氏为妻，云氏性格温顺、明理懂事，两人生活和美。可就是那小小年纪的可弃的品行却日益败坏，从偷钱到偷东西，甚至去偷他人的财物。父亲愤怒到了顶点，他立下了分家文书，将良田美产全部归于大器。可弃岂是个省事的，半夜提刀闯入卧房要杀他哥，恶狠狠一刀砍去，误伤了嫂嫂云氏。云氏身上所穿的，正是云萝公主留下的旧内衣，刀子砍上去时火光四溅，吓得可弃仓皇而逃，不敢回家。不久，父亲因悲痛过度而病重身亡。

可弃一直浪荡到十八岁，他分得的家产早已被挥霍一空。哥哥大器为他成了家，将父亲遗产再次平分，这次将家产却交由弟媳侯氏掌管。

侯氏出身贫寒，在艰难困苦的环境中历练得十分能干，能文能武，会软会硬，不到一个月就把蛮横的可弃牢牢抓在手里。一年后他们有了孩子，可弃更是被管束得老老实实，成天在家哄孩子。侯氏治家有方，家业兴旺，兄弟俩也从此和睦相处。

桓侯
好借神驹迎远客，
兼伸主谊宴佳宾。
登堂推挽肱如折，
想见将军勇绝伦。

桓侯

路边有一丛黄花翠叶的异草,彭好士骑的马儿到此便驻足啃食。好士被那光彩夺目的花儿吸引,下马轻轻拔起其茎秆,嗅其芬芳,不知是什么神奇的品种,于是小心翼翼地揣入怀中。

这草确有些神异,马儿啃食之后变得难以驾驭。在疾驰半日之后,竟到了距常德千里之外的四川阆中。在一片杂乱的山峦间,一位青衣人牵住了马匹,说:"主人有请!"好士心中满是困惑,但还是跟随青衣人来到一座庄严肃穆的庙宇前。一位威武雄壮、环眼虬须的主人,身穿古代将军的战袍,大步走出,摆手请好士入内。好士稍有礼让,主人说:"无需客气!"他紧紧抓住好士的臂膀,仿佛铁箍一般,令好士疼痛难忍。进入庙堂,宴席已摆好,众多宾客肃然静坐,连轻微的咳嗽声都听不到。侍从为他们斟酒后,主人高声宣布:"各位乡亲,多年来承蒙大家厚爱,今日特地设宴答谢,请大家开怀畅饮!"接着,他转向好士说:"彭先生,我特地请你来此,是有一事相求。"好士立刻俯身聆听。主人继续说:"你的马儿吃了仙草,已拥有仙骨,不宜留在人间。我找一匹骏马与你交换。"好士连忙答应。主人听后哈哈大笑,声音如黄钟大吕,震撼人心。宴席结束后,主人将一匹鞍鞯俱全的骏马交给好士,并告诉他:"那仙草新鲜时吃了可以成仙,现已枯萎,点铁可得万两白银。"好士拜别主人,忍不住向同席的宾客询问主人的身份。对方低声告诉他:"此处乃是桓侯庙,主人便是汉桓侯张飞张翼德。"好士听后大惊,急忙回身再次进入庙堂瞻仰,只见神座上的张飞塑像栩栩如生,虬须飘飘,环眼炯炯,只是不再言语和动作。回到家乡后,好士用仙草点铁成银,瞬间成为富甲一方的大财主。

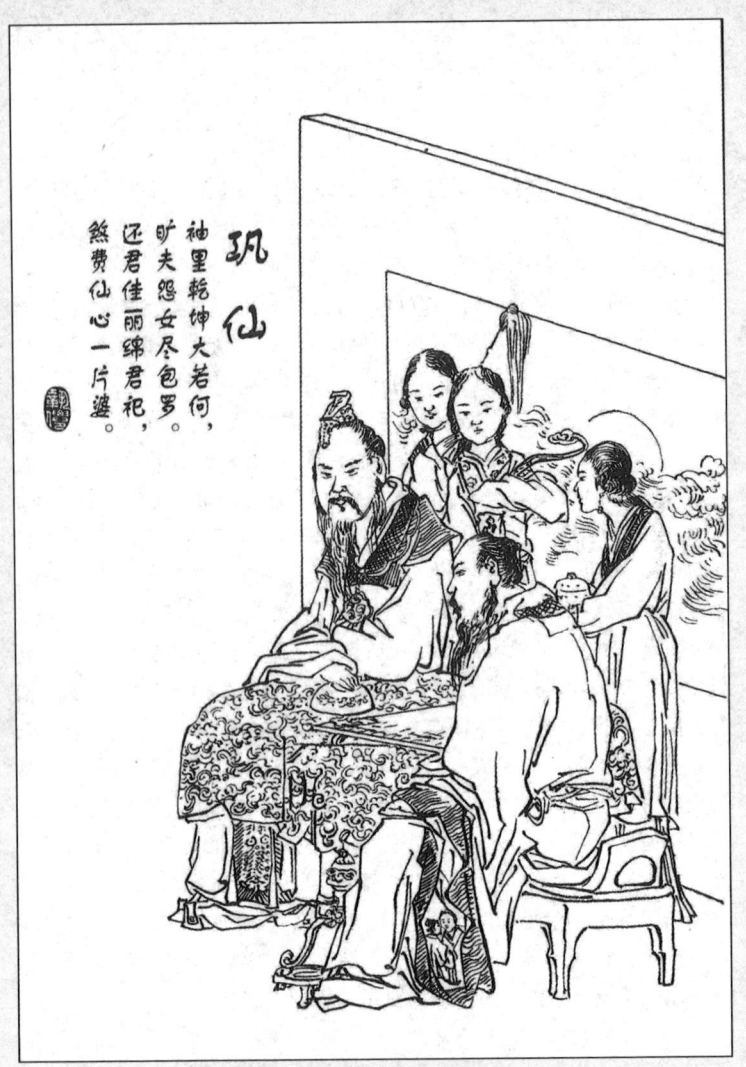

巩仙

袖里乾坤大若何，
旷夫怨女尽包罗。
还君佳丽绵君祀，
煞费仙心一片婆。

巩仙

　　山东鲁王府大门前，一位道人飘然而至，声称要面见鲁王。管事太监见状，不客气地挥舞着皮鞭驱赶他，道人从袖中取出二十两纹银，恭敬地呈上，表示只是想一睹王府花园的风光。太监收了贿赂，引领道人进入花园。他们来到一座高楼的窗前，道人一推，贪酷的太监毫无防备地跌出窗外，由一根细脆的葛藤牢牢地缠住了太监的腰，将他悬挂在半空中。太监吓得魂飞魄散，好不容易才被人救下。

　　鲁王听闻此事后，派人打探，得知道人姓巩，寄居在城中的尚秀才家。鲁王立即召他来表演。巩道人身着一袭宽大的袍袖，几次伸手，从袖中掏出了八个半尺高的美女，落地后迅速长成常人模样，自称是天上仙女，表演着人间未有的新颖歌舞。鲁王性好渔色，问巩道人能否留下一两个。巩道人微笑着点头："可以全部留下！"鲁王仔细一瞧，这些仙女竟然都是他后宫中的歌伎，谁也不知道怎么会到殿上来的，鲁王大为惊愕。从此，巩道人成了鲁王府的常客。

　　在鲁王的歌伎中，有一位名叫惠哥的佳人。她在入宫前与尚秀才定下婚约。尚秀才一直思念着惠哥，希望能与她一见。巩道人答应了。他挥动宽大的袍袖，尚秀才一步跨入袖中。那袖内桌椅床榻一应俱全。每当鲁王邀巩道人入宫时，惠哥便会被摄入袍袖中与尚秀才相会。这样聚会多次，惠哥怀孕了。十个月后，巩道人让惠哥在袖内生下孩子，将孩子带出交给尚秀才抚养。可恨的是惠哥的名字已经上了王府的名册，无法脱离宫廷。

　　不久，巩道人借口尸解离开了山东。在临别之际，他将那件被血污的袍袖留给尚秀才，说可治难产之症。一年后，鲁王的爱妃临盆难产，悬赏求医，尚秀才献出道人的袍袖，立刻生效。尚秀才借机恳请鲁王放惠哥出宫，一家三口终于团圆。

锦瑟

忧患曾经阅历多,
受恩深重复如何。
天魔劫后天缘合,
真是人间安乐窝。

锦瑟

王生是一个贫寒的读书人,因家境所迫,成了富家的赘婿。妻子兰氏骄横势利,对他如同奴仆一般,每日欺凌。王生无法忍受这种生活,愤然离家,进山打算结束自己的生命。

当他爬到一处崖缝时,突然发现了一条女子的衣裙在轻轻飘动。明知这是鬼魅妖邪,王生也不畏惧。一会儿,崖壁上出现了两扇大门,闯进去,是一片宏伟的宅院。王生向主人请求留在这非人的世界里。

宅院的主人是一位美丽的女郎,名叫锦瑟。她收留了王生,安排他做一些背负冤鬼尸体的秽臭活儿。后来发现王生是一位书生。于是,她让王生掌管文书。王生性情诚实,尽心尽力地工作,赢得了全家上下的尊敬。

一天,一群强盗突然闯进了宅院,扬言要杀掉锦瑟。奴仆们四散而逃,只有王生勇敢地救出锦瑟,背着她逃进了深山。在山中,他们又不幸遭遇了猛虎。为了从虎口中救出锦瑟,王生的臂膀被咬断。

终于,虎去盗散,王生回到了家中。锦瑟告诉王生,她原是天上的仙女,这回遭到魔劫,多亏王生搭救。她为王生治好臂膀,一定要嫁给他。王生如实相告,说自己在人间还有一个凶悍的妻子。锦瑟笑着说不妨,并在婚后劝他回去把家务事处理好。

王生鲜衣怒马,重新回到了自己的家。兰氏不耐寂寞已经和别人同居,忽见丈夫回来,又羞又急,悬梁自尽了。

第二天,车马喧嚣,锦瑟带着婢仆们到了,夫妻恩爱,度过了几十年快乐的时光,直到王生八十大寿那天,这对老人突然不见了。没有人知道他们是入了地,还是上了天。

王者

惩警贪夫聊幻化,
衣冠城郭迥非凡。
倘银消息何须问,
一缕青丝附巨函。

王者

某湖南巡抚令一位通判率兵押送六十万两饷银进京。途中遭遇突如其来的暴雨,不得不在一座古庙中暂时落脚。天明起身,古庙的门紧闭着,六十万两银子却神不知鬼不觉地消失了,简直不可思议。

巡抚想,将通判处死,也无法找回失踪的银子,他令通判带捕快和衙役返回事发地点,重新侦查线索。通判在古庙前遇见一个瞎子,说知道银子的下落。在瞎子的引导下,通判一行人来到了一座陌生的城市。等待了数日,一位身着古装的王者接见了通判。

那王者傲然地说:"银子就在此处,一两都不少。这区区小数,叫你那巡抚慷慨些,送给我们,有何不可?"

通判哀求说:"卑职空手而归,必然难逃一死,请大王开恩。"

"这好说!"王者递给他一个大信封,说:"你回去交给巡抚,保你无事。"

通判带着信封忐忑不安地返回了省城。巡抚见到他空着手回来,顿时大怒,拍案而起,准备将通判处死。通判颤抖着呈上那个大信封,巡抚打开信封一看,脸色大变,退堂不理此事了。

原来,几天前,巡抚和一个爱妾一觉醒来,爱妾的一头秀发,被人剃得精光,而大信封里面装的正是他爱妾的头发。

巡抚惊恐万分,他明白能够剃去爱妾的头发,自然也能割下他的头颅。他再也不敢追究银子的下落,急忙设法赔上饷银,并对外宣称此事已了。

至于那位神秘的王者究竟是谁呢?是天上的神仙?还是人间的侠盗?通判捡回了一条命,他再去找那座城市,却怎么也找不到了。

安期岛

安期岛里放舟游,
得见仙人愿已酬。
一盏琼浆寒不咽,
笑君仙福未曾修。

安期岛

明朝末年,大学士刘鸿训奉旨出使某国,有一位武官作为他的副使。刘鸿训听闻附近的海面上有个安期岛,据说是神仙的居所,他心中充满了好奇和向往。

过了一天,岛上来了一位自称小张的神仙弟子,他同意带刘鸿训及两名仆从一同乘小船上岛。当他们渡海而行时,海风习习,仿佛置身于云雾之中。随着船只逐渐靠近岛屿,原本严寒的气候也逐渐变得温暖如春。登岛后,满岛的山花竞相绽放,五彩斑斓;鸟儿在枝头欢快地歌唱,宛转悠扬。小张引导他们进入一个幽深的洞府,只见三位长须飘飘、宛如雪山的老者盘膝坐在岩石上。礼后入座,老者吩咐上茶。小童取来杯子,从石壁上拔掉一个铁锥子,清澈的碧水随即从锥孔中流出,接满一杯后送给刘鸿训。刘鸿训捧杯细看,只见它碧绿透明,宛如翡翠一般。他尝了一口,冰凉透心。刘鸿训不敢喝冷的,老者又让小童换来一杯琥珀色的,仍是从石壁上去锥接来,却热气腾腾,仿佛刚煮沸一般。

品茗过后,刘鸿训怀着敬畏之心向老者请教自己的祸福。老者微笑着说:"我们世外之人不知岁月流转,怎能洞悉人世间的纷繁复杂呢?"刘鸿训又好奇地询问长生不老之术,老者再次一笑置之:"这并非富贵之人所能追求的。"

告别后,仍由小张渡海送回。来到某国,国王听了他的奇遇,叹息道:"可惜您没有喝下那杯冷茶啊,这可是先天玉液,一杯能延年益寿百年。"

在回国前夕,国王送给刘鸿训一个纸包,叮嘱他一定要远离海岸才能打开。回国刚登岸,刘鸿训迫不及待地打开纸包,层层拆开之后,里面竟然是一面镜子。镜子中映照着龙宫水族的世界,清晰可见。众人争相观看之际,突然海上涌起滔天巨浪,汹涌而至。刘鸿训心中恐慌至极,急忙将手中的镜子抛入水中。顿时波平浪静。海面恢复了宁静。

凡夫俗子,即使置身于仙境,也还是空手而归啊!

余德

画堂小酌报居停,
蝶舞花飞醉不醒。
留得龙宫蓄水器,
好从残石气延龄。

余德

尹图南有一座别墅,曾租给一位外地来的秀才居住。这位秀才姓余,名德,风度翩翩,仪容高雅,却无人知晓他的籍贯、家世和过往。

某日,余德请主人共饮。图南踏入室内,见墙壁以透明纸裱糊,光洁如镜;长几之上,一只金狻猊香炉烟雾缭绕,左侧碧玉瓶中插着凤凰与孔雀的绚丽尾羽,右侧水晶瓶则养着一株不知名的异花,高逾两尺,枝叶繁茂,含苞待放的花朵形似休憩的蝴蝶,两根花蒂犹如蝶须。

酒宴之中,图南命小童击鼓催花为酒令。鼓声响起,瓶中的花儿仿佛受到了召唤,轻轻颤动。鼓声刚停,花朵便纷纷脱离枝头,化作栩栩如生的蝴蝶,飞落在主人与客人身上。按数进酒,每落一蝶,便饮一杯。三通鼓后,图南不觉醉了。

不久,余德突然辞别离去。人去楼空,屋内陈设已荡然无存,唯有屋后的一只白石水缸还留着。图南命人将其搬回家中,用来养金鱼。

某日,仆人不慎将水缸打破,缸身破裂,但缸中的水却并未流出。他们用手触碰水,水便随手而下,但缩手后,水又合而不流。到了夜里,缸中的水忽然连底结冰,宛如一块晶莹剔透的水晶,即使锥凿也难以破动。而金鱼在其中依然自由自在地游动。图南视此缸为稀世珍宝,珍藏于内室。可惜,又一个夜里,那缸连同那块冰晶都化为了清水,流溢满地,连金鱼也消失无踪了。

图南懊丧不已,现在他只留有那块掉下来的残片。一个道士见了说这是龙宫水器;破而不漏,是因为缸身破碎而"缸魂"犹存!

如此看来,那余德定然是龙宫来客了。

种梨

任教悭吝遍人寰,
天道原来是好还。
顷刻花开顷刻实,
神仙游戏警贪顽。

种梨

烈日当空,酷暑难耐,人们口干舌燥,一个卖梨的小贩推着一车水灵灵的梨子在市口叫卖。

一位头戴破道巾、身穿破絮衣的老道士走来。他向卖梨的乞讨一只梨儿,解一下难耐的口渴。卖梨的不但不给,反而恶语相向,引发了争吵,周围一大群围观的人。一位店铺小伙计看不下去了,掏钱买了一个梨儿送给道士,那卖梨的还在那儿嘟嘟哝哝骂人。

老道瞥了卖梨的一眼,说:"这位摊主真是算计到家了,出家人不懂得吝啬,待贫道种下梨树,请各位品尝新鲜甘甜的梨子!"

老道吃了梨儿,留下梨核。他从肩上取下一把铲子,就地挖了个小坑,将梨核种了下去。壅上土,浇上水。片刻,一枝碧绿的嫩芽破土而出。

嫩芽迎风而长,瞬间抽枝发叶,亭亭如盖,长成了一棵茂盛的梨树。在灿烂的阳光下,一树雪白的梨花盛开了,花香四溢。风吹过,花瓣纷纷飘落,青涩的果实累累挂满枝头。梨香扑鼻,梨儿成熟了,黄澄澄的,有好几百颗吧。

太惊异了!人们发出一片赞叹声。老道随手摘下梨儿,送给围观的人群。真是好梨,一口咬下,甘甜之味流溢于齿颊。很快,梨儿就被摘完、送完了。老道士用铲子将梨树齐根砍下,扛在肩上,悠然地离开了市镇。

那卖梨的也伸长了脖子在看热闹,待目送老道走远了,回到自己的车旁。"哎呀!"他惊讶地发现车上的梨子一个也不剩了!这,这……原来,老道慷慨送人的,都是自己的梨。他恨恨地快步追出市镇,迟了,那还有老道的身影,早消失在白云碧草之间了。

白莲教

左道由来幻术多,
一家械斗太行过。
巨人吞罢从容去,
竟得安然脱网罗。

白莲教

人们传说，白莲教徒某某是明朝起义领袖徐鸿儒的余党，有非凡的神通。

当他渡海出行时，家中总会摆放一盆清水，水面上漂浮着一只草编小船，他命徒儿严密看守。有一次，徒儿不慎将小船弄翻，他归来时衣衫全湿了，愤怒地斥责了徒儿。

夜晚，他在山间赶路。他事先让徒儿燃起一支火烛，再三叮嘱徒儿要小心看护。二更时分，徒儿因疲惫打盹，蜡烛被风吹灭。待徒儿惊醒，急忙重新点燃火烛。他回来后又责徒儿，说让他在黑暗中摸索了半个更次。

仇人举报他是白莲教徒，官府立刻派兵围捕。他和妻子、儿子被抓住，被关进了铁笼，准备解京请赏。当一行人经过太行山时，一个身高如树的巨人突然出现在路中央。眼如铜铃，嘴似血盆，咧嘴一乐，露出一排锋利的牙齿。吓得兵士们进退失据。他在囚笼中说："不要怕，我老婆能降伏这妖怪！"兵士们慌忙放出他的妻子。她手持长枪冲向巨人，还没有站稳，就被巨人一口吸入肚中。她丈夫见状，焦急地喊道："快！快让我儿子去救她！"兵士们又手忙脚乱放出他的儿子。刚靠近妖怪，又被巨人吞掉了。

看着这一幕，他愤怒地挣扎着："这孽畜太狠毒了，他会把我们伙人都吞吃掉的，我要亲自除掉它！"兵士们已经被吓得魂飞魄散，忙把他放出。他手持利刃冲向巨人，却被巨人一把抓住腰部，送向血盆大口，又吞下一个。

兵士们心胆俱裂，四散逃命，巨人也不追赶，只是发出阵阵怪笑，转身从容地离开了。

没过多久，人们却看到这一家人出现在了别省的一个城市里，依然活得欢蹦乱跳。

神女

朴陋衣冠髁介身,
车中慰赠亦前因。
为卿风夜蒙霜露,
不惜珠花持与人。

神女

县城中一座豪华的府第开筵祝寿,乐声悠扬,吸引了路过的米秀才。尽管与寿翁父子素不相识,米秀才还是闯了进去,举杯祝贺。寿翁父子也没问对方姓名,热情招待,宾主尽欢而散。

不久后,米秀才因杀人嫌疑而遭受冤枉,被革去秀才身份,又被囚禁数月。待真相大白后,无罪释放,家中财产已荡然无存,沦落为一名贫穷的白丁。

一天,衣着褴褛的米生遇到一位坐在豪华马车中的贵家小姐。她突然停车,命丫鬟送来一朵珠花,还说曾在父亲的寿宴上见过米生,知道他的冤屈。她嘱咐米生将珠花卖掉来疏通官府,恢复秀才身份。米生看见那雍容美丽的小姐,正想问姓名,马车却已疾驰而去。

米生对那位小姐充满了感激之情,却舍不得卖掉那朵珠花。他忍饥挨饿,发愤读书,再次通过考试,重新考中了秀才。就在此时,他祖父的一名学生调任本省巡抚,对他关爱有加。但米生却从未向他提出过任何要求。

一年后,奉小姐命送珠花的丫鬟突然来到米家。她问:"你还记得那朵珠花吗?"米生从贴身的衣服里取出珠花给她看。她说:"小姐现在有一件事想请你帮忙,你能否做到?"米生毫不犹豫地回答:"只要能再见小姐一面,赴汤蹈火,万死不辞。"

第二天,小姐如约而至。原来,她的父亲是掌管南岳的神。因为与另一位神祇发生争执,要请米生帮忙向巡抚借取官印作为证明,米生怎能拒绝,他忍痛用珠花贿赂巡抚的爱妾,取得了官印。神的女儿得知此事后,赠送他明珠百颗。米生反问她:"我爱的是珠花,难道是因为这些明珠吗?"

于是,神把神女下嫁米生,在人间过了几十年幸福生活。

狼

鱼因吞饵輙衔钩,
不调贪狼竟效尤。
货草有金无意得,
笑人何事执鞭求。

狼

一位屠户挑着一块剩余的猪肉回家。夜幕之下,一只饿狼悄然出现在身后,紧盯着担中的那块肉,口水直滴。屠户有些害怕,紧握手中的刀,转身站住,狼也停下脚步,如狗一样坐在地上,气喘吁吁。每当屠户再前行,狼又会伸出猩红的舌头,紧随其后。

屠户想,狼之所以尾随不舍,完全是因为那块诱人的猪肉。不如将肉暂时挂在树上,担里没了肉,狼就不会跟着了。于是他用肉钩把肉钩结实,踮着脚把肉挂到树枝高处,屠户挑起空担再走,果然,狼没有再跟上来。

第二天一早,屠户来到树下取肉,远远望见树枝间好像悬挂着东西,晃晃荡荡的,看着像吊死的人。屠户惊愕不已,小心翼翼地走近,才发现那竟然是一只死狼。狼的嘴里紧紧咬着猪肉,而肉钩正好刺穿了它的上颚,就像鱼儿上钓钩一般。屠户意外获得一张狼皮,价值十余两银子,可谓是意外之财。

颠道人

游戏神仙自不群,
笑看舆盖日纷纷。
诸奴莫倚豪门势,
槐国中宝待植君。

颠道人

山上寺院的走廊里住着一个道士,每天天疯疯癫癫的,一会儿唱歌,一会儿哭泣,谁也猜不透他是什么人。

一日,城中的一位贵官,坐着凉轿,轿后张着黄缎流苏遮阳伞,声势浩大地登上山来,到寺院中游玩。游玩后,贵官刚踏出山门,便见那位道士,脚穿草鞋,身穿破旧道袍,肩上扛着一把看似脆弱的黄纸伞,口中念念有词,模仿着官儿们的步态,在寺院前踱着方步。

贵官一眼便看出道士的讽刺之意,立即命仆从们上前斥责、驱赶他。道人转身离去,仆从们紧追不舍,要撕破他的破伞。忽然,伞面变成无数的鹰隼,冲天而起,那伞柄却变成一条巨蟒,昂首吐信,向人群猛扑过来。贵官惊恐万分,慌忙逃跑。这时,一个擅长讨好贵官的门客挺身而出,他大声安慰众人:"这是道士的障眼法,蟒蛇并不会咬人,大家不必害怕!"他挥舞着刀,冲向巨蟒。巨蟒张开血盆大口,竟将那人一口吞下。众人见状,惊恐至极,忙扶着贵官逃回凉轿,飞奔下山。逃出三里之外,贵官才想起那被巨蟒吞噬的门客。他悄悄返回寺院,道士不见了,大蟒也没有了。走到殿前的一棵老槐树下,忽然听到树身内传出如同驴叫般的喘息声。大胆地向树洞内望去,只见那人倒栽在树中,树洞极为狭窄,也不知他是如何进去的。忙将树锯倒、劈开,终于将那位半死半活的门客救出。

自那以后,那位疯疯癫癫、歌哭无常的道士再也没有在寺院中出现过。

青蛙神

不意青蛙亦号神,
郎情僄薄妾情真。
性诚善怒犹能解,
羞胜初终估过人。

青蛙神

湖北某地有座蛙神庙,庙内居住着无数的青蛙。蛙神常常显形,降祸赐福,很是灵验。

蛙神有一个女儿名叫十娘。由神指定许配给当地著名的英俊少年薛昆生为妻。十娘又美貌,又善良,与常人无异,就是自小娇生惯养,不擅长家务。自从她嫁入薛家,由于蛙神的庇佑,连年五谷丰登,万事顺遂,家业日渐兴旺,小夫妻也十分恩爱。

一天,昆生的母亲在背后说十娘不擅长针线活儿,这话恰巧被十娘听到。婆媳之间有了争执,进而发展成小夫妻之间的争吵。昆生火了,说:"你若不能孝顺我娘,就请你离开!别人或许怕你父亲,但我不在乎!"十娘一听此言,气得跺了跺脚,愤然离去。

当晚,薛家的壁上、桌上、床上突然出现了无数大小青蛙,且无故起火,烧毁了数间房屋。薛家人深知这是蛙神的惩罚,心中惶恐不安。昆生却不服气,他跑到蛙神庙前,指着神像大声说理:"你家姑娘不尊敬婆婆,你不加以教训,反而降祸放火;神应该至公无私,难道你要我向你女儿的错误低头?"一番指责之后,蛙神还不是刚愎自用、文过饰非之辈,于是托梦给四乡百姓,让大伙儿帮忙重建薛家被烧毁的房屋,十娘也回家了。

过了一阵,昆生发现十娘很怕蛇。年轻人喜开玩笑,他故意在床上放了一条小蛇,十娘见了惊慌失措,昆生却在一旁拍手大笑。这次,十娘真的生气了,与昆生大吵一架后,她回到娘家,一年多没有回来。

昆生自知理亏,多次到神庙祈求十娘回心转意,未能如愿。他心急如焚,相思之苦难以言表,终于病倒在床上。病情日渐严重,十娘得知后,含泪归来。

后来,十娘一胎生了两子,夫妻和好,子孙繁衍,人们背后都称他家为"薛蛙子家"。

丐仙

歌舞园林各尽欢,
丽人忽作夜叉看。
若非推解当时意,
灵窟何来夺命丹。

丐仙

村里来了一位衣衫褴褛的乞丐，双腿长满恶疮，脓血淋漓，散发着恶臭，村民们掩鼻而过。有个叫高玉成的医生，心地善良，乐于助人，把这位名叫陈九的乞丐搀回家，为他提供食宿，又精心给他治疮。痂落病愈，又以朋友之礼相待，让他在家中留居了许久。

一天，陈九要辞别，说走前请他喝一杯水酒。筵席就设在高家后园的凉亭上。时值严冬，北风呼啸。而踏入四面透风的凉亭，却感到一股春天的暖意，周围原本凋零的树木也突然变得绿意盎然，红花盛开。玉成在惊愕中坐定，只听鸟架上的八哥儿叫道："茶来！"随即，一对五彩斑斓的丹凤从天而降，衔着赤玉盘送上两杯香茗。茶过几巡后，八哥儿又喊道："摆宴！"刹那间，青鸾、黄鹤、翠鸟、白鸽纷纷衔来了一壶壶美酒、一碟碟佳肴，摆满了桌子。玉成平日里酒量颇大，此刻也不禁开怀畅饮。忽然，从灿烂的旭日旁飞来一只色彩斑斓的大蝴蝶，它抱着一只硕大的琥珀鹦鹉杯，闪闪而降，化作一位美丽的少女，她斟满美酒，奉给玉成。陈九对少女说："请蝶姐赐舞。"少女翩翩起舞，舞姿千变万化，令人陶醉。宴会结束后，陈九携玉成腾空而起，游玩了月宫，才将他送回家中。临别时，陈九说玉成寿数已尽，嘱他立即前往西山躲避。玉成回家后匆匆进山，遇到了两位白须老者在树下对弈。他不敢打扰，静静地站在一旁观看。一局棋罢，老者点头对他说："善心必得好报，你回去吧！"玉成寻路出山，踏入家门，妻子说他离家已有三年，还说曾有两个差役半夜来找他，结果空手而归。

玉成明白了，两位差役必是阴间的鬼卒，而山中白须老者，却是护佑他逃生的天上神仙。

斫蟒

御悔曾闻咏棣华,
惊心幽谷遇巳蛇。
神人默佑兄无恙,
此是田间孝友家。

侠女

恩仇了了飘然去，
玉貌花容何处寻。
无复寻常儿女态，
隐娘肝胆小蛾心。

丁前溪

为怜羁客具盘飧，
侠士由来解报恩。
我学龙门书小传，
依稀漂母饭王孙。

商三官

小娥心事庞娥胆,
更见三官智有余。
易服报仇沉恨雪,
两兄应愧女专诸。

西僧

遍地黄金竟若何,
名山四大旬嵯峨。
西僧俯读西游记,
应悔长途跋涉多。

李司监

自宣罪恶子操刀,
天谴由来不可逃。
为借冥诛行头戮,
万人丛里戏台高。

牧竖

狼子呼嗥踞树巅,
老狼树底走盘旋。
休言蠢类无知识,
舐犊私情亦可怜。

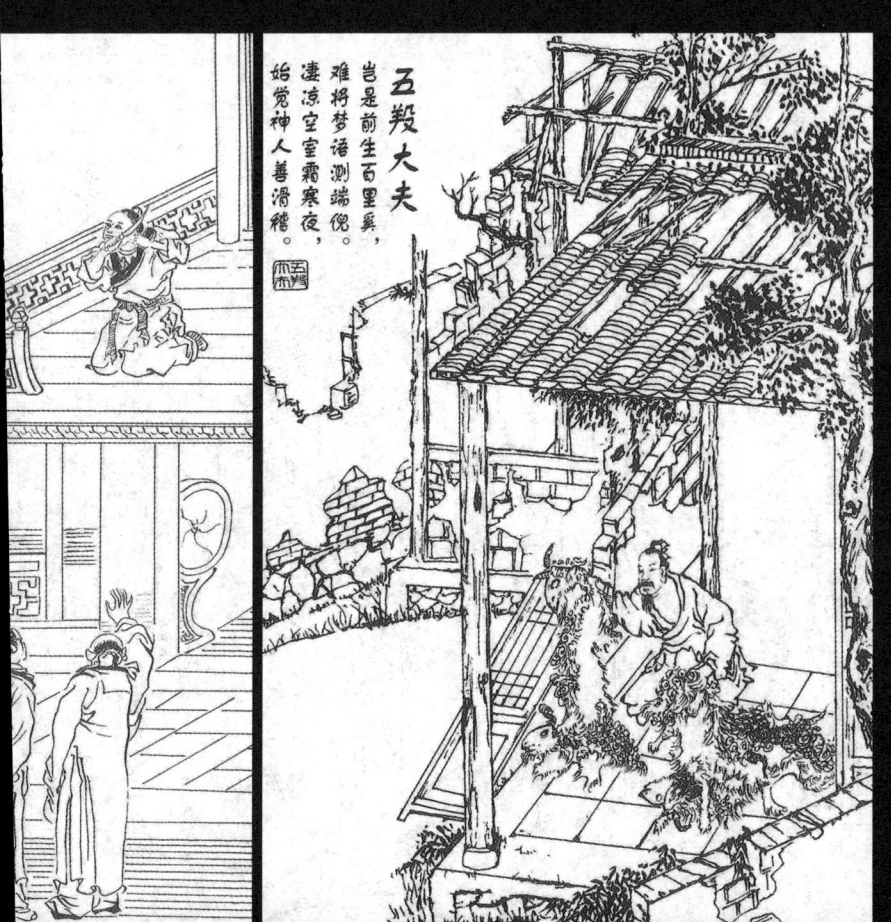

田七郎

重金力与脱羁囚,
大德拼将一死酬。
若得龙门传刺客,
织深井里共千秋。

妾击贼
身怀绝技，有谁知？
鞭挞横施默不辞。
深夜倘非来暴客，
此生无复见怜时。

保住

武技

少林宗派传人少,
才得真传便已狂。
同是个中须会意,
未容孟浪角低昂。

阳武侯

贵人诞降多奇兆,
历数动名卫霍俦。
曾说辽阳悲远戍,
须知虎将已封侯。

孝子

遗体原难销毁伤，
奈何母氏病膏肓。
煎将胁肉亲敷贴，
好为疡科续异方。

堪輿

牛眠吉壤在心田，
朽骨何能余庆延。
赖有闺中贤妯娌，
不教暴露叹年年。

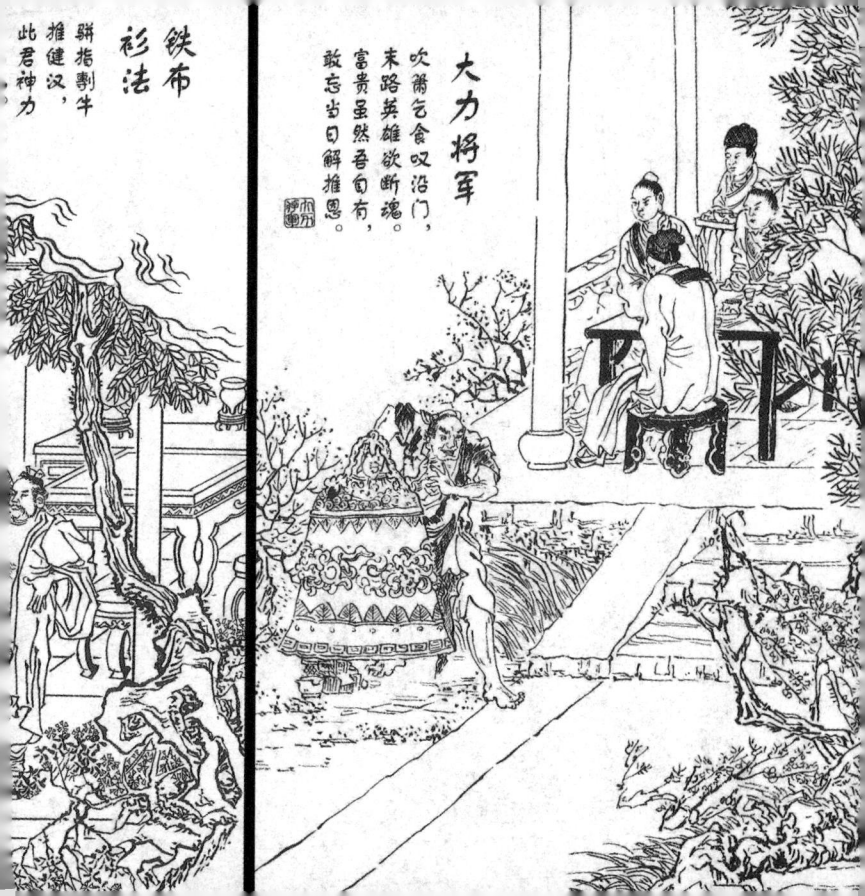

大力将军

吹箫乞食叹沿门，
末路英雄欲断魂。
富贵虽然吾自有，
敢忘当日解推恩。

铁布衫法

骈指剔牛推健汉，
此君神力

细侯

缘深一见便心倾，
误堕奸谋几背盟。
鸩艳如花肠似铁，
不留情处是钟情。

林氏

患难同经誓不违，
海棠肯便祛深帏。
闺人妙有移花术，
玉雪双儿并戟归。

饿鬼

贫贱何堪以鬼名,
一朝鬼死又投生。
堆盘苴落仍难饱,
无赖依然旧性情。

冷生

笑生真合唤销愁,
脱帽长吟笑不休。
一顶头巾何足惜,
伴狂诗酒自风流。

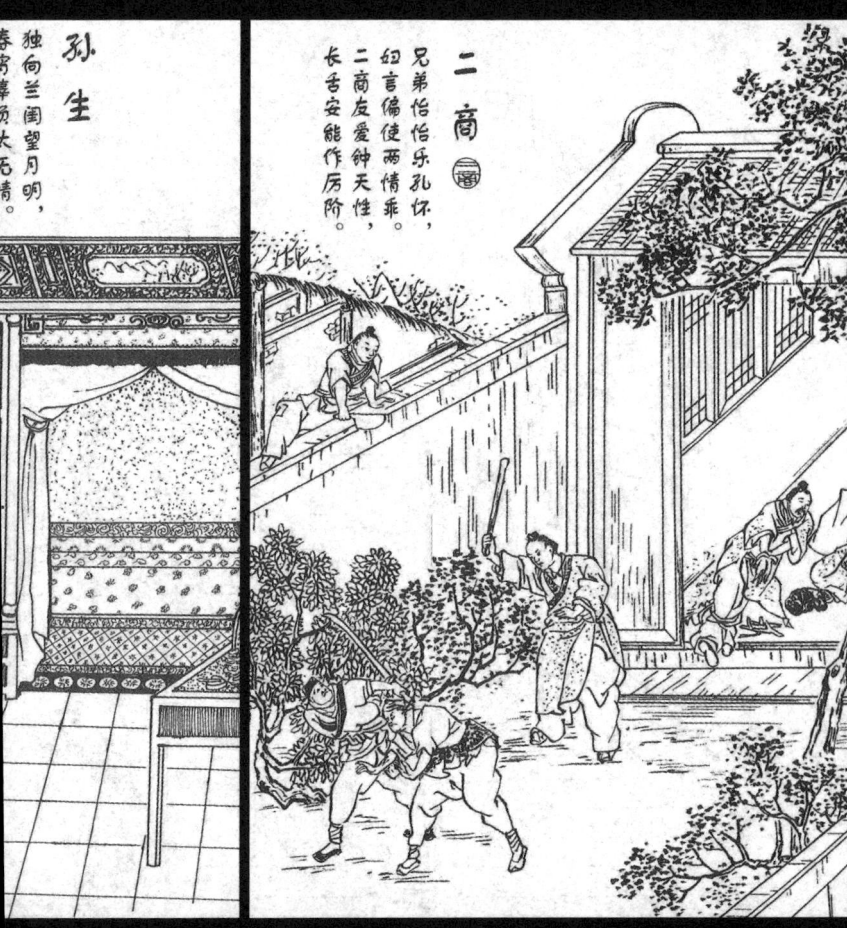

二商 (一)

兄弟怡怡乐孔怀,
妇言偏使两情乖。
二商友爱钟天性,
长舌安能作厉阶。

孙生

独向兰闺望月明,
春房……太冷清。

胡四娘
阅尽炎凉一瞬中,
四娘真有大家风。
怪她婢子偏修怨,
抉取双眸血溅红。

镜听
冷暖相形佇芥蒂,
更阑怀镜思何深。
题名雁塔寻常事,
莫负红闺此夜心。

禄数

由来禄命赋生初,
命尽偏教禄有余。
留与来生应亦得,
何缘一定为消除。

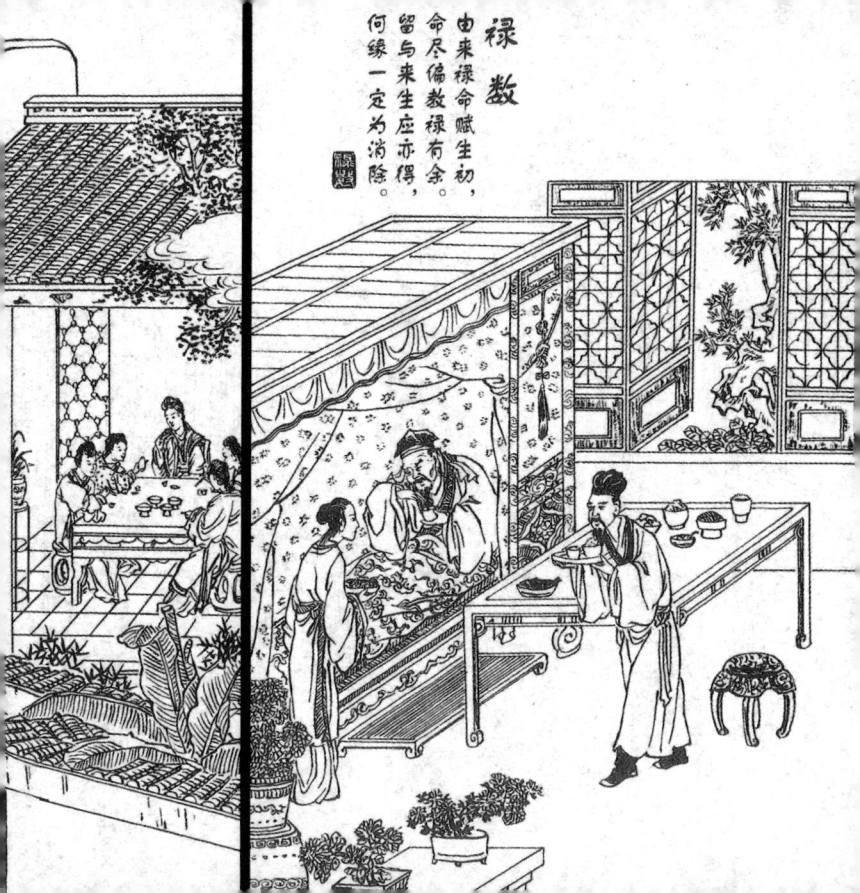

三朝元老

笑骂由他笑骂,
老人长乐信继夸。
堂开书锦标楹帖,
此是三朝宰相家。

大蝎

只恐深山有伏戎,
岂知大蝎踞琳宫。
土人不能降妖法,
但说将军善火攻。

局诈二

雷縢官竖握兵符,
浪掷黄金笑武夫。
甘堕术中偏不悟,
授官曾见晚朝无。

局诈

狗苟蝇营暮夜金,
笑他巧宦系援心。
乌台室有通关节,
墨敕斜封何处寻。

局诈三

一曲湘妃恼素心，
秘藏不借示知音。
人琴一去无消息，
流水高山何处寻。

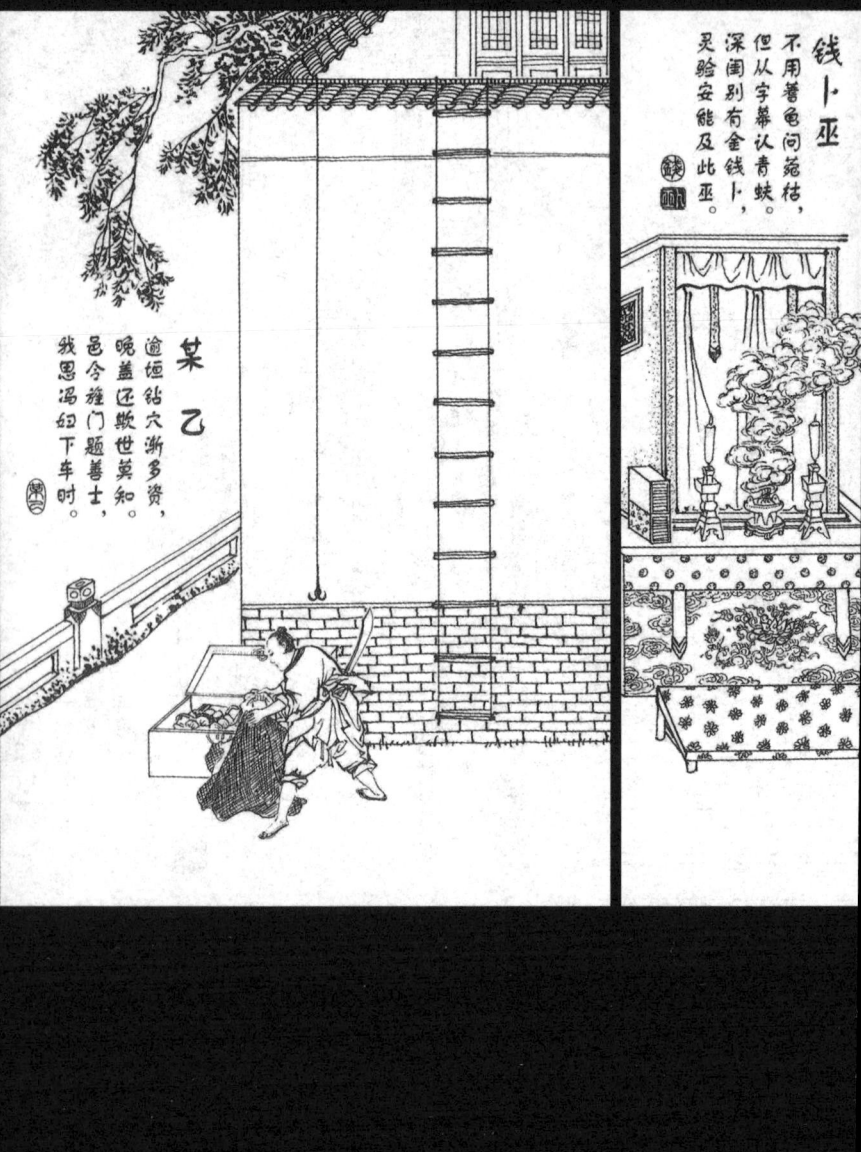

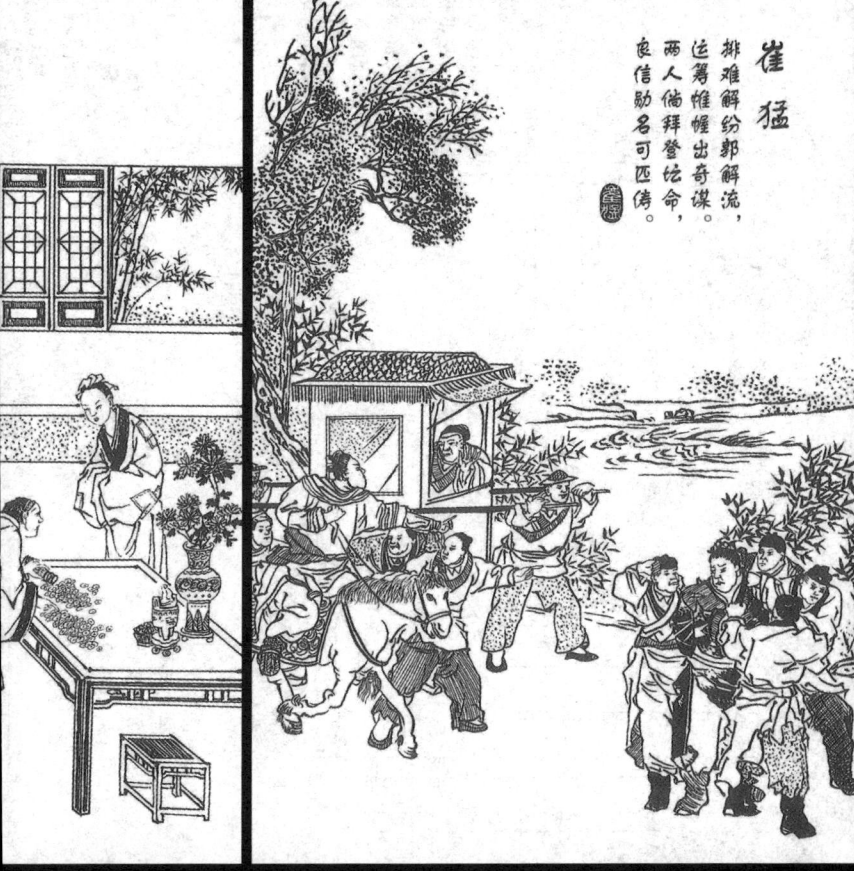

崔猛

排难解纷郭解流,
运筹帷幄出奇谋。
两人偷拜登坛命,
良信勋名可匹俦。

诗谶

狱辞已具,
孰平反,
巨眼何期
遇栎园。
遗扇尚存
转幸当年
一诗竟雪
覆盆冤。

蒋太史

原是瞿昙侍从臣,
却从初地证前因。
峨眉山寺金沙客,
留得金刚不坏身。

邵临淄

归妹偏占脱辐爻,
琴堂屈膝泪双抛。
鞭窗答凤皆前定,
我为星家作解嘲。

狂生

纵情诗酒,不嫌狂,
干渴如何屡上堂。
县令有权门可灭,
付之一笑亦何妨。

于中丞

谁从巨室盗妆奁，
大索惊传法令严。
搜得衷衣频出入，
个中机智亦超铃。

于中丞二

断狱无关阅历深，
只须当局肯留心。
送迎少妇皆男子，
何况频探手入衾。

太醫

有母青春，賦柏舟，表彰潛德奈無由。竇封竟為熊膽誤，怨氣應知溢九幽。

農婦

憐貧不惜施群丐，嫉惡還知抵比丘。正氣居然畏巾幗，即論勇健已無儔。

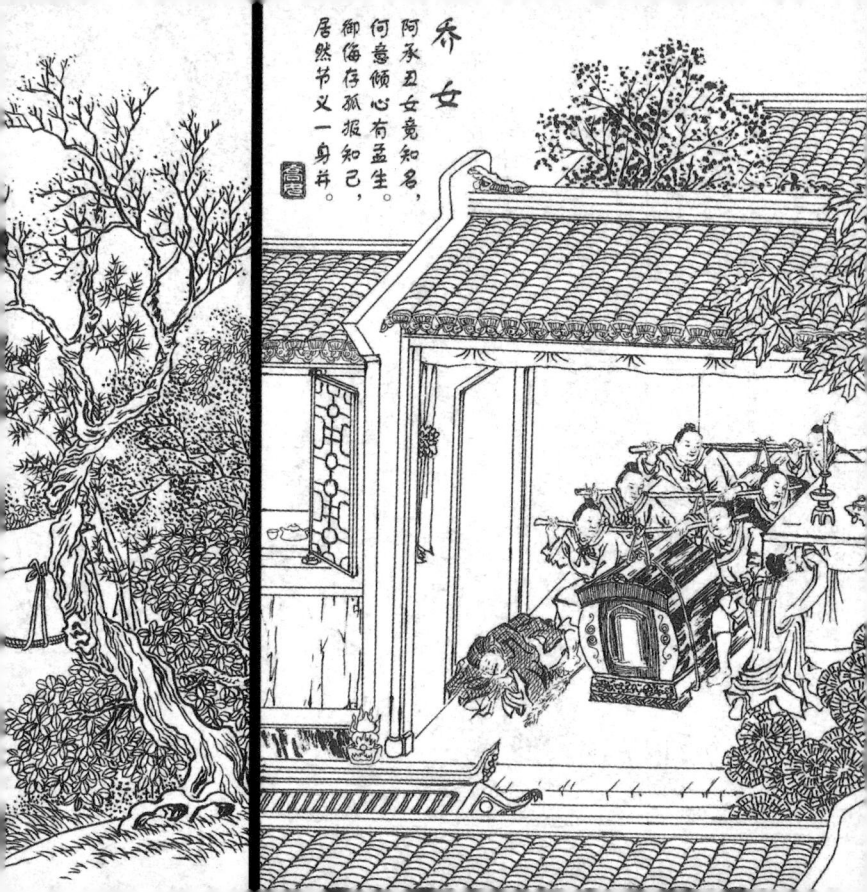

乔女

阿承丑女竟知名,
何意倾心有孟生。
御侮存孤报知己,
居然节义一身并。

折狱

喜拾遗钗不为财,
一宵淫舍杀机开。
不还银袱排无恙,
留待他时出首来。

天宫(一)

更从何处认天宫,
来去无端醉梦中。
春色满园关不住,
几人酣卧小楼东。

折狱(二)

陨身枯井孰知冤,
天使胡成作戏言。
令尹有才能折狱,
一时远近喜平反。

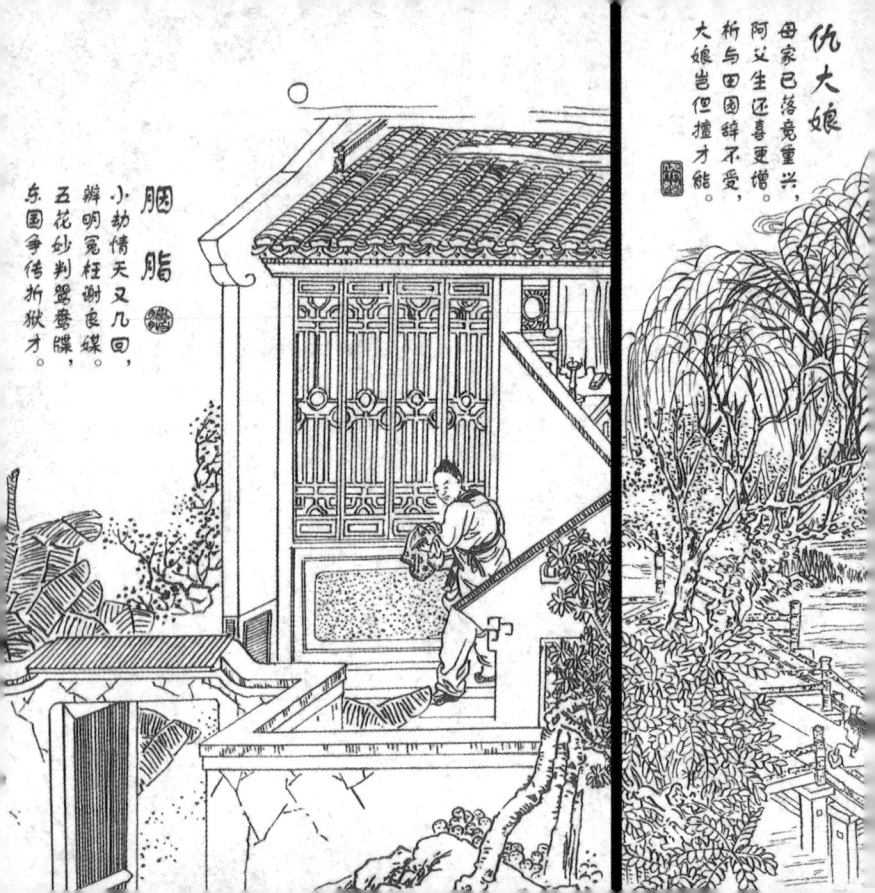

仇大娘

母家已落竟重兴，
阿父生还喜更增。
析与田园辞不受，
大娘岂但擅才能。

胭脂

小劫情天又几回，
辨明冤枉谢良媒。
五花妙判鸳鸯牒，
东国争传折狱才。

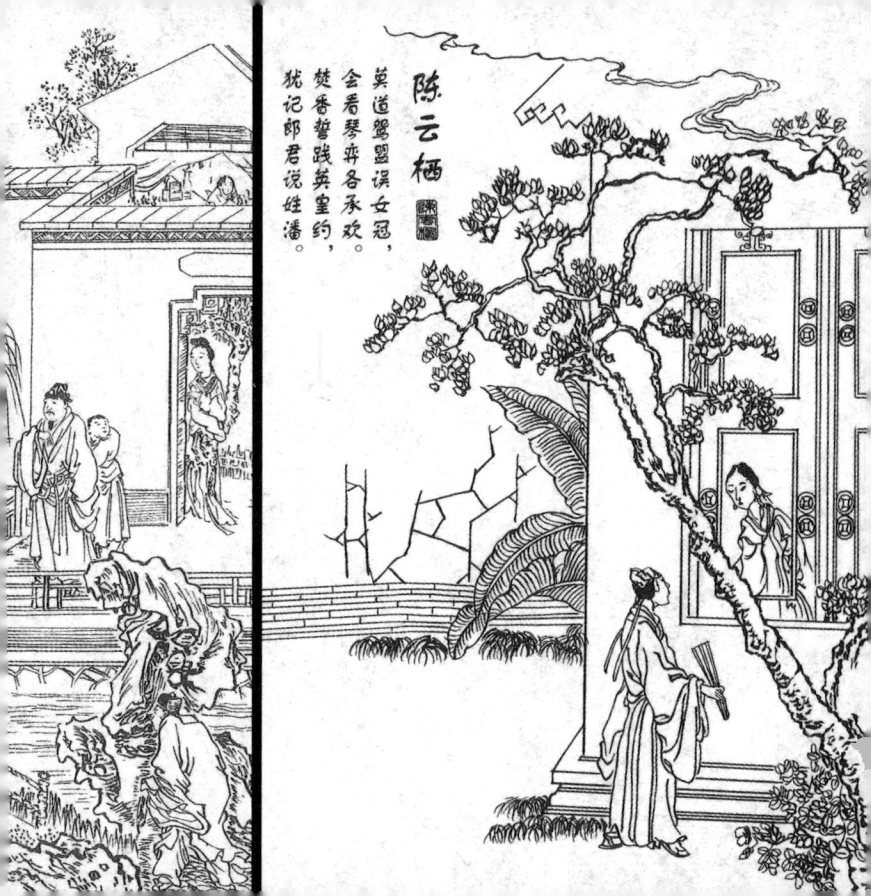

陈云栖

莫道鸳盟误女冠,
会看琴弈各承欢。
楚香誓践英皇约,
犹记郎君说姓潘。

大男

侗侗寻亲万里行,
傍人门户得功名。
母贤子孝终团聚,
悍妇狼心总不平。

段氏

田园瓜剖已无余,
忍泣吞声嗣续虚。
合浦珠还￼意外,

韦公子

惨绿年华载酒行，
罢官归去倍闲情。
咸阳公子风流甚，
转为风流误一生。

曾纷纷攫日寻仇，
友甘效延陵五国谋。
子乃前睢润料应收。
待看秋风联捷报，

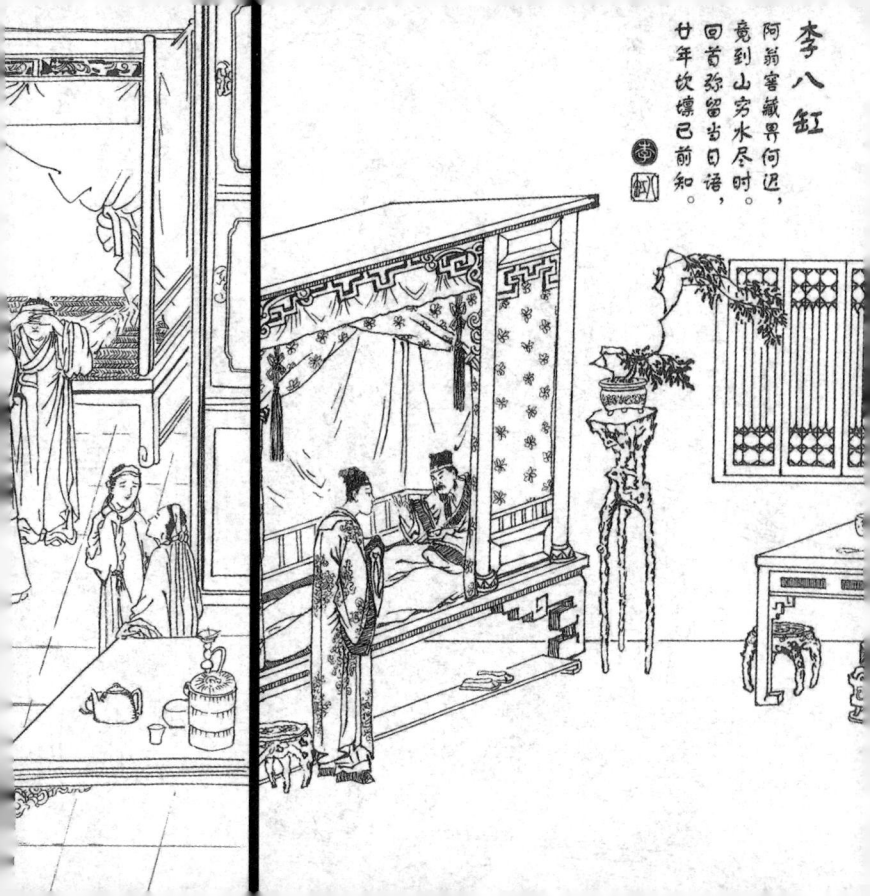

李八缸

阿翁害藏果何迟，
竟到山穷水尽时。
回首弥留告日语，
廿年坎壈已前知。

王桂庵

马缨花下竹篱斜,
梦境寻来路不差。
载得美人江上去,
旧停桡处浪如花。

寄生附

父既钟情子更痴,
梦魂颠倒系相思。
画屏开处双雕射,
得毋吟成却扇诗。

太原狱

巫峰一曲两云迷,
姑妇何缘久勃谿。
勇法相形虚实判,
长官双目拭燐犀。

果报

卜筮书诚用决疑,
无端占玩已非宜。
淫邪争不罹天谴,
磬匜原来咸有贻。

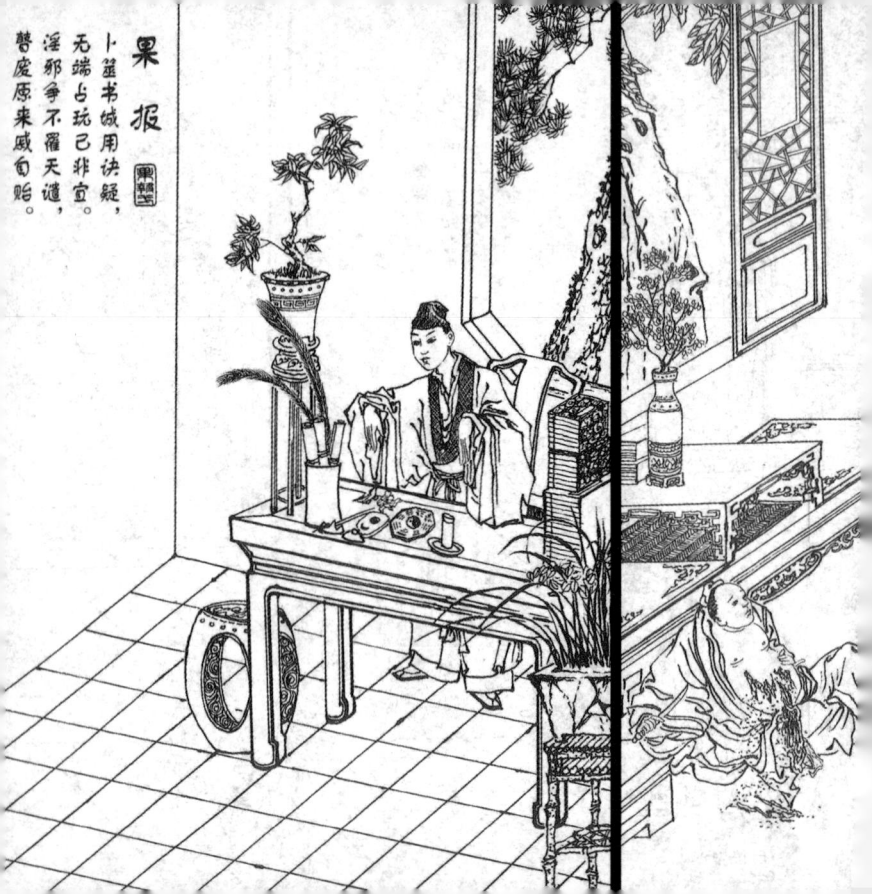

新郑讼

连赋严教一再催,
轮将何日得资财。
莫言皂白无分别,
只待邻人作证来。

果报二

谓他人父利他资,
麦饭何堪瓷而。
寄语世间贤嗣子,
倩看腹剖肉飞时。

邵女

水剪双瞳善相人,
恒窥六脉妙回春。
从容谈笑行无事,
倾尽人间妒妇津。

真定女

不因拳母户锥儿,
此事曾闻古有之。
信是情根易萌蘖,
莫言磐此竟无知。

石中滋味亦多般。

戏术

朦然桶底见神通，
白粲量来竟不穷。
倘使盆家传此法，
无须更叹饭箪空。

水灾

暮见二牛山上斗，
朝看一屋水中存。
天公皂白分明甚，
呵护常临孝子门。

戏术第二

魁星楼隔路迢迢，
巨瓮安能自出窑。
便使陶人费储位，
一宵搬运亦无聊。

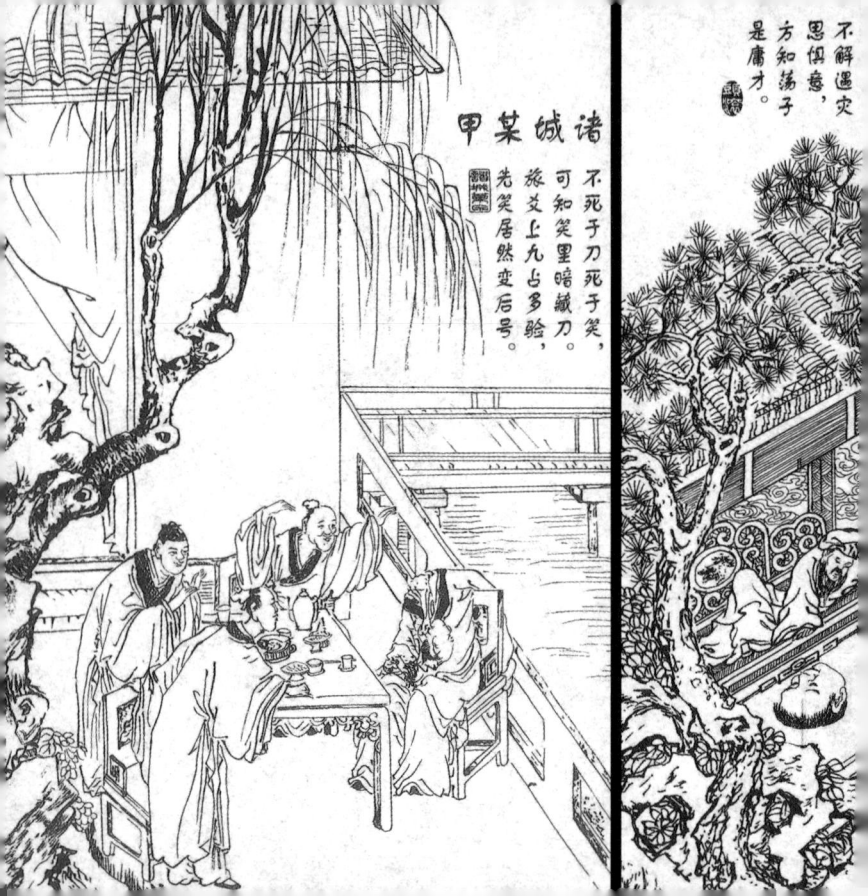

諸城某甲

不死于刀死于笑，
可知笑里暗藏刀。
旅支上九占多驗，
先笑居然變後号。

不解遇灾
思懼意，
方知蕩子
是庸才。

蛙曲

鼓吹曾经两部夸,
池塘青草独听蛙。
何人制就翻新曲,
韵叶宫商了不差。

鼠戏

无仪只合相其皮,
都道长安事最奇。
莫笑石磨鼹鼠技,
居然也有上汤时。

赵城虎

县牒持来虎就拘，
居然反哺学慈乌。
代供子职馀前憾，
祠宇东郊今未芜。

酒虫

漫因贫富叹途穷，
应悔当时去酒虫。
何物番僧偏好事，
未容长住醉乡中。

木雕美人

分明傀儡也登场，
如见明妃塞上装。
金姆锦鞯人叱逐，
羊裘雉尾犬蹄仳。

金永年

幻梦几经妄想来，
谁知老蚌竟含胎。
蒲条菩萨凭谁慰，
玉树还从心地培。

毛大福
且屈病医作兽医,
特将金帛夜相贻。
莫言狼子心多野,
衔履居然计出奇。

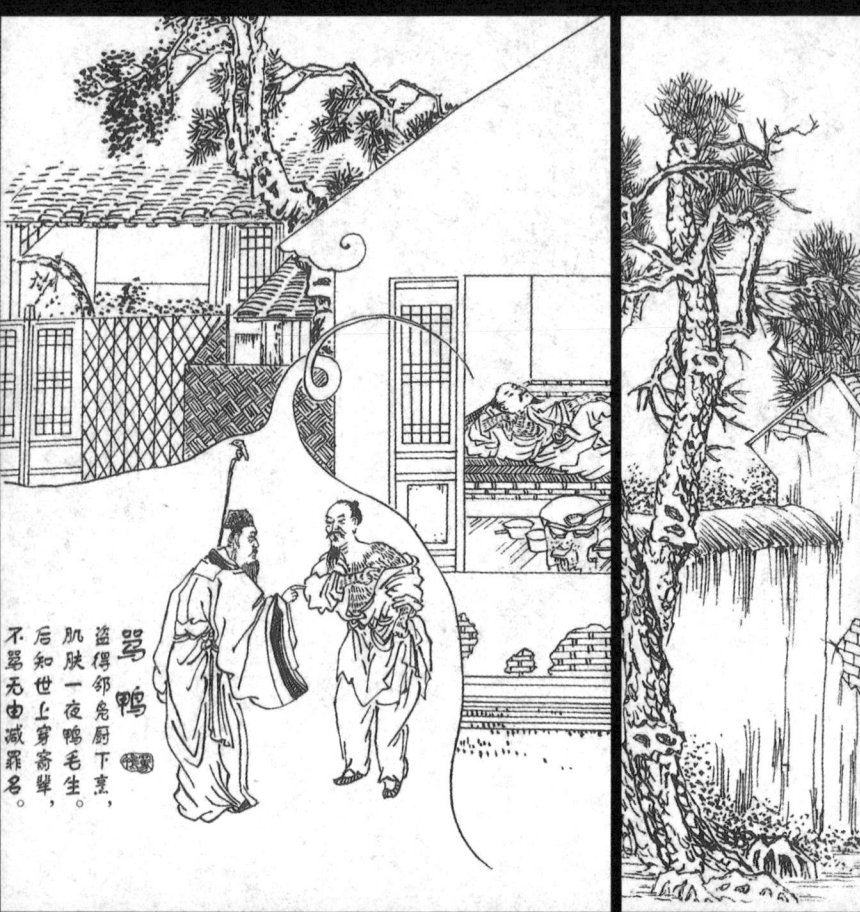

骂鸭

盗得邻鬼厨下烹，
肌肤一夜鸭毛生。
后知世上穿窬辈，
不骂无由减罪名。

狼 三

茅苫潜伏尚惊猜，
狼足居然破壁来。
赖有旧传吹矢法，
压肩且喜奏功回。

狼 二

前后分兵拟夹攻，
两狼心计亦殊工。
谁知不出屠儿手，
一霎刀光血染红。

养蛇

山径荒凉古寺钟,
夜阑罢猎偶相逢。
道人独有驯蛇术,
何似安禅制毒龙。

橘树

鱼轩重莅树先知,
及届瓜期感别离。
橘荫倘将棠荫比,
后先冰玉系人思。

戏缢

抽结解带态无端,
赚得红颜一笑看。
铸错料应心不悔,
一魂犹喜傍雕鞍。

药僧

房中丹药亦奇哉,
步履蹒跚转可哀。
我有狂言供一噱,
不如且作寺人来。

龙戏蛛

惨闻野哭万民哀，
循吏凶罹无妄灾。
娄得蜘蛛如娄席，
一家断送一声雷。

鸿

垒石汾阴事可哀，
双飞无计羽同摧。
而今幸有生全术，
衔得黄金赎妇来。

象

攝得虞人若有求,
轟訇巨象竟能謀。
弩弦一縱猴擔債,
不惜多牙作贈酬。

单父宰

双削不许再添枝，
虑到他年析产时。
石破天惊传异事，
可怜枭獍太无知。

盗户

养奸姑息多流弊，
偾偾公庭自古今。
翻讳良民称盗户，
此狐省识宰官心。

占地无多只一毡，
岂知顷刻展来宽。
寄言边帅须留意，
他日兵戈此肇端。

邑人

三竿日上梦醒才，
已受凌迟一度来。
地狱不须图变相，
眼前随处有轮回。

牛飞，
下来愁见夕阳过，
失却囊金唤奈何。
牛不能飞鹰有翼，
无端噩梦误人多。

义　犬
不辞鞭逐吠猎猎，
死守遗金若有神。
义犬家前曾寄慨，
艰难报主又何人。

查牙山洞
石洞幽深世莫知，
好凭斑管写离奇。
夜窗风雨挑灯读，
险绝心摇手颤时。

曹操冢

藏身谁说九州宽,
直欲欺心到盖棺。
疑冢空传七十二,
阿瞒今日不能瞒。

车夫

山径推车展步迟,
有狼窥伺不曾知。
窃尝一脔真堪笑,
正是登高用力时。

男妾

逐臭嗜痂信不诬,
雌雄扑朔竟模糊。
易将弁冕为巾帼,
始信人间有子都。

杜小雷 恶妇心肠毒似虺，永身顷刻转轮回。城门游遍人争看，共道杜家逆妇来。

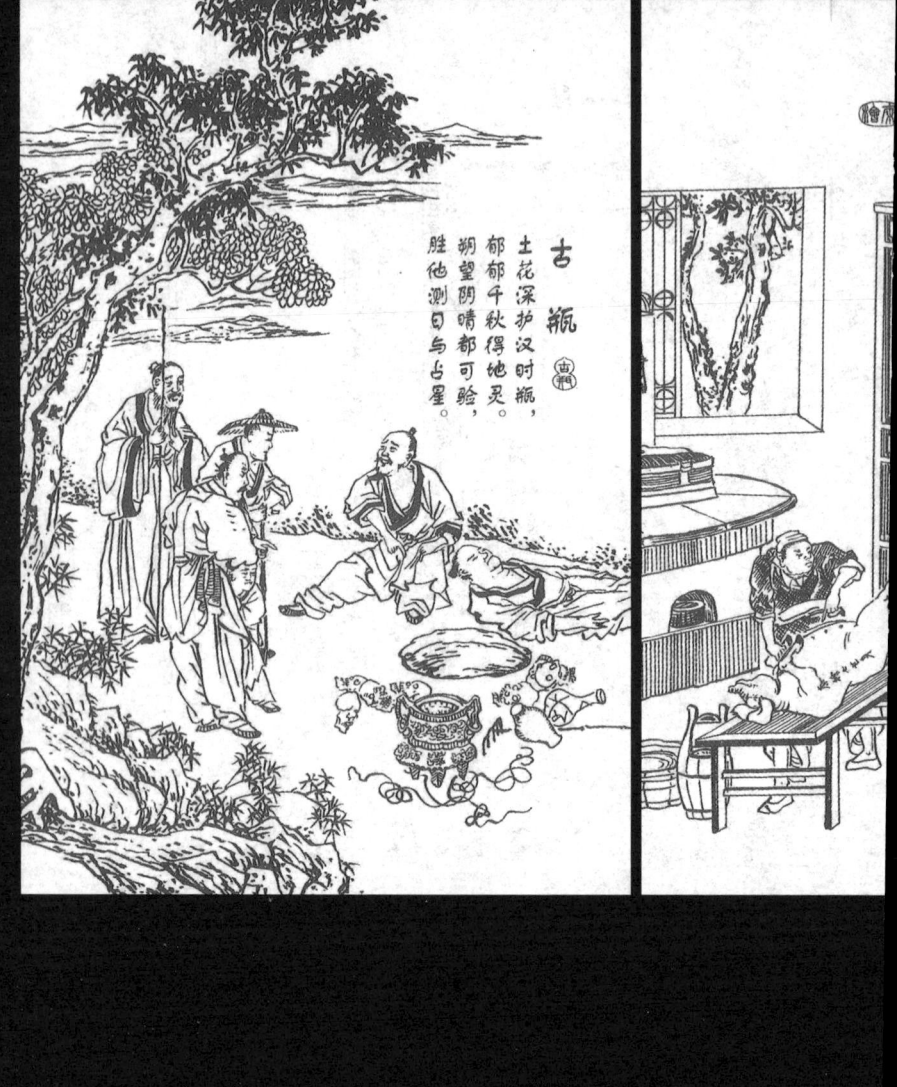

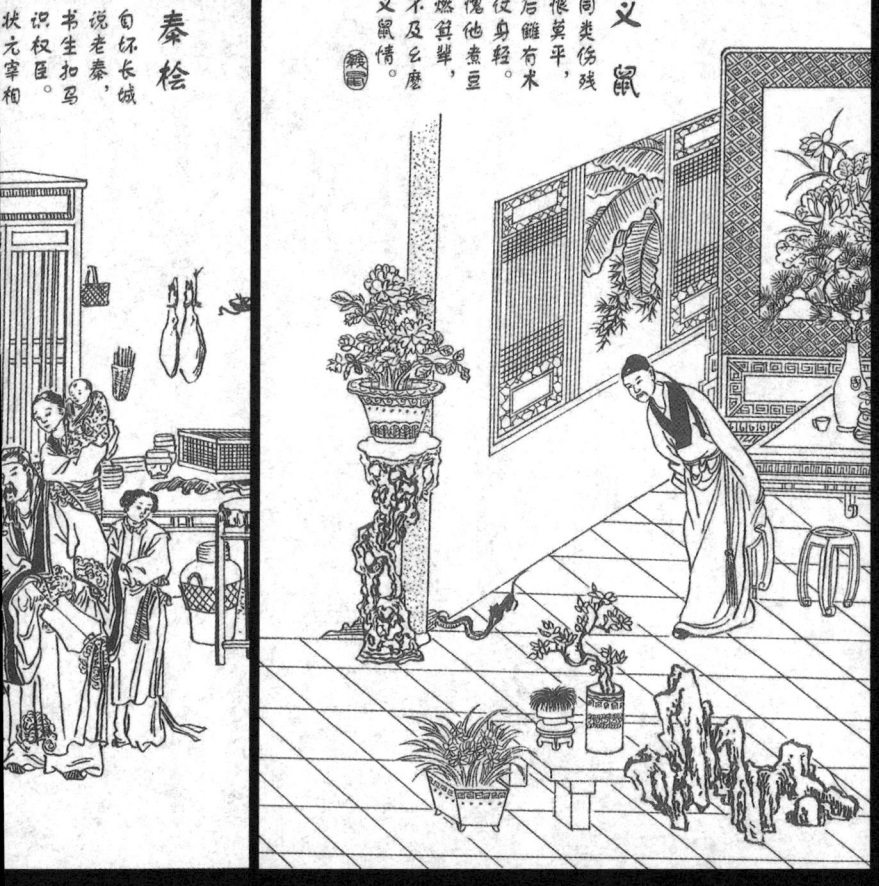

义鼠

同类伤残恨莫平,后虽有术仗身轻。愧他煮豆燃萁辈,不及么麽义鼠情。

秦桧

自坏长城说老秦,书生扣马识权臣。状元宰相

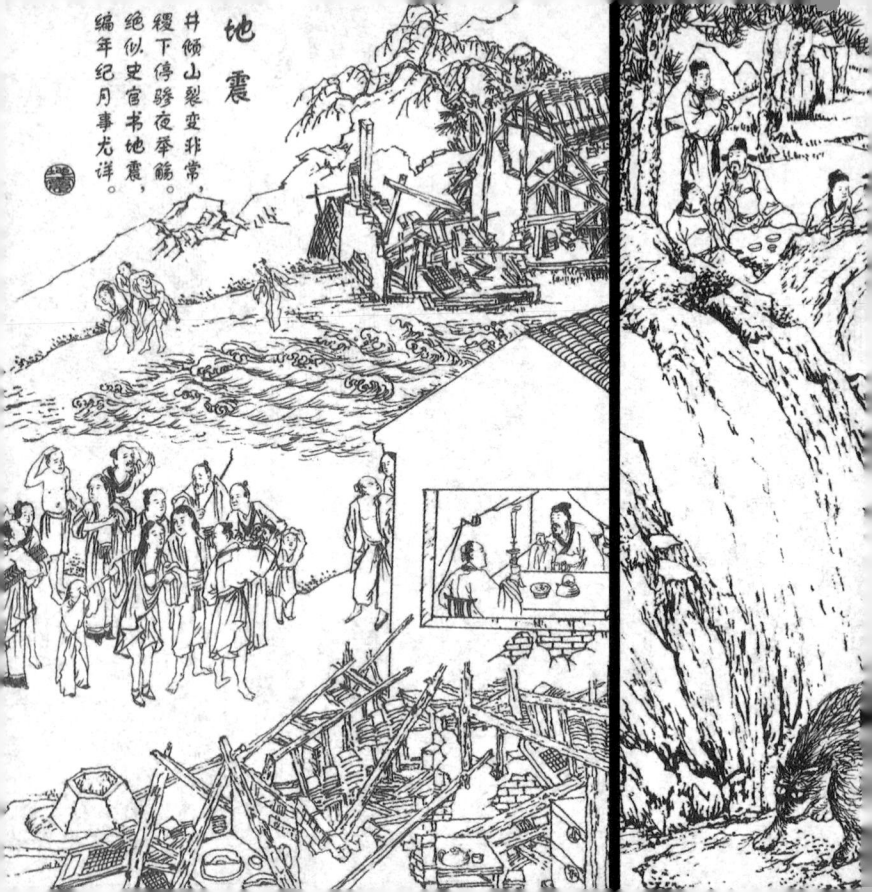

地震

井倾山裂变非常,
稷下传驿夜举觞。
绝似史官书地震,
编年纪月事尤详。

狮子

狻猊未见但闻名,
贡自遥罗万里程。
能使鸡毛吹尽落,
此中物理信难明。

黑兽

郑人蕉鹿竟成虚,
白额威消一击余。
苟政由来猛于虎,
不知此兽可能除。

龙

偶困泥涂傍浅水，
尘侯讵易识真龙。
一声霹雳拏空去，
云路腾骧第一重。

龙二

牛山古寺闲游日，
隐隐楼间堕彩虹。
顷刻卷舒浑不测，
巨龙夭矫黑云中。

龙 三

相公庄外谈遗事,
扑面尘沙隐蛰龙。
霹雳一声裂皆去,
蜿蜒红线认奇踪。

龙肉

微言和让玉堂才,
雾雾声中招地来。
噤似寒蝉偏肉食,
相台风气羞龙堆。

夜明

一捽翻然海上过,
宵深怪物放光多。
偏逢寰宇升平日,
士庶应康复旦歌。

义犬

客途那料起风波,
一念慈祥脱网罗。
世事应为黄耳笑,
报恩人少负恩多。

山市

山市将无海市同,
城垣宫阙望玲珑。
大风吹后危楼在,
笑指烟云缥缈中。

禽侠

扥地应教计万全，覆巢何复费迁延。侠禽纵使能消恨，雏子伤残又一年。

鸲鹆

客途资斧奈愁何，相伴依依只八哥。赚得金来臣去也，能言毕竟慧心多。

大 人

深山岂意觌防风，
贯颊长条计亦工。
纵有天生奇女子，
铜锤未许奏全功。

大人

六位赴云南的客商,在险峻的山谷中迷失了方向。夜色渐浓,无奈之下,他们只能将马匹卸下,在大树下暂时休息。

夜深了,一阵噔噔的脚步声,来了个几丈高的巨人。他伸手便抓起一匹马,如同嚼食稻草般轻易将其吞入腹中。片刻之间,六匹马都被他吞噬殆尽,客商们吓得浑身颤抖。巨人折断一根如铜钱般粗大的树枝,将客商们一个个串起,仿佛用细柳条穿透鱼鳃般轻松。随后,他又搬来一块重达千斤的大石,压在树枝两端,确保他们无法逃脱,然后匆匆离去。

待巨人远去,客商们慌忙拔出佩刀,割断树枝,忍痛逃离。他们刚奔出不远,身后便传来沉重的脚步声。急忙躲进一片茂密的高草丛中,只见巨人又带来了一个更为高大的同伴。两人在大石附近寻找了一番,被引来的巨人似乎愤怒不已,狠狠地扇了先前那个巨人一巴掌。随后,两人一前一后离去。

客商们侥幸逃过一劫,拼命朝着相反的方向逃窜。远处,岭头上闪烁着微弱的灯火,他们慌忙朝那里赶去。在灯火下,他们见到了一个男子坐在石屋里。听完客商们的讲述后,男子愤慨地说:"这两个畜生实在可恶,请坐下等我妹妹回来去收拾他们。"

不久,一个女子背着两只死虎走了进来。了解了事情的经过后,她跺了跺脚说:"我这就去除掉他们!"说完,她拿起一个铜锤怒气冲冲地走了。

男子帮客商们拔掉颊上的树枝,敷上药膏,又生起火来煮虎肉款待大家。虎肉还未熟,女子回来了。她说:"他们已经跪地求饶,我惩处了一个,放他们走了。"说完,她扔下一截类似人腿的东西。仔细辨认,却是一节巨大的手指。

第二天,女子将客商们送出了山口,也不知道她是人还是神仙。

姊妹易嫁

掖县传闻事有无，
大姨夫作小姨夫。
集枯集菀寻常事，
姊妹当时计较殊。

姊妹易嫁

掖县张家是个豪富大户,毛家是靠放牛为生的贫寒小户。偏偏张大户看中了毛家的小子毛维之,认为他聪明好学又有志气,把他留在家里与儿子们一同读书,还把大女儿大姐许配给他。

大姐自幼娇生惯养,心高气傲,对毛家的出身十分鄙视,誓死不从这门婚事。

孩子们渐渐长大,张家决定为他俩举办婚礼。大婚之日,花轿临门,大姐却坚决不肯梳妆更衣。娘说不顶事,爹劝没有用,张家父母急得团团转。妹妹二姐也来劝姐姐顺从这门婚事。大姐气呼呼地说:"死妮子,你也来学舌!你为啥不嫁他?"二姐说:"当年爹娘原不曾把我许给毛家嘛!要不,妹子我是不会要人劝驾的!"

张大户听了,灵机一动,试探着问二姐是否愿意代替姐姐出嫁?二姐认为穷人不一定永世受穷,为了化解家中的尴尬局面,她慨然同意代替姐姐出嫁。

毛维之得知此事后,十分感激。尽管家境贫寒,夫妻二人勤俭持家,生活过得和美。

大姐则另嫁了富家郎,过上了富太太的生活,虽然丈夫品行不端,她还是心满意足,认为自己当初悔婚是正确的。

十年之后,毛维之中了举人,又擢升为进士。大姐的丈夫却挥霍无度,败光了家业,最终因病身亡。又过了十年,毛维之官至宰相,毛家门庭改观,二姐成为宰相夫人。大姐却孤独无依,衣食无济。她日思夜想,那本应属于自己的"夫人"之位。当年却哭哭闹闹,硬给了妹妹。她追悔莫及,一剪刀把头发绞掉,做尼姑去了。大概,她要敲破几个木鱼,修修"来生"吧!

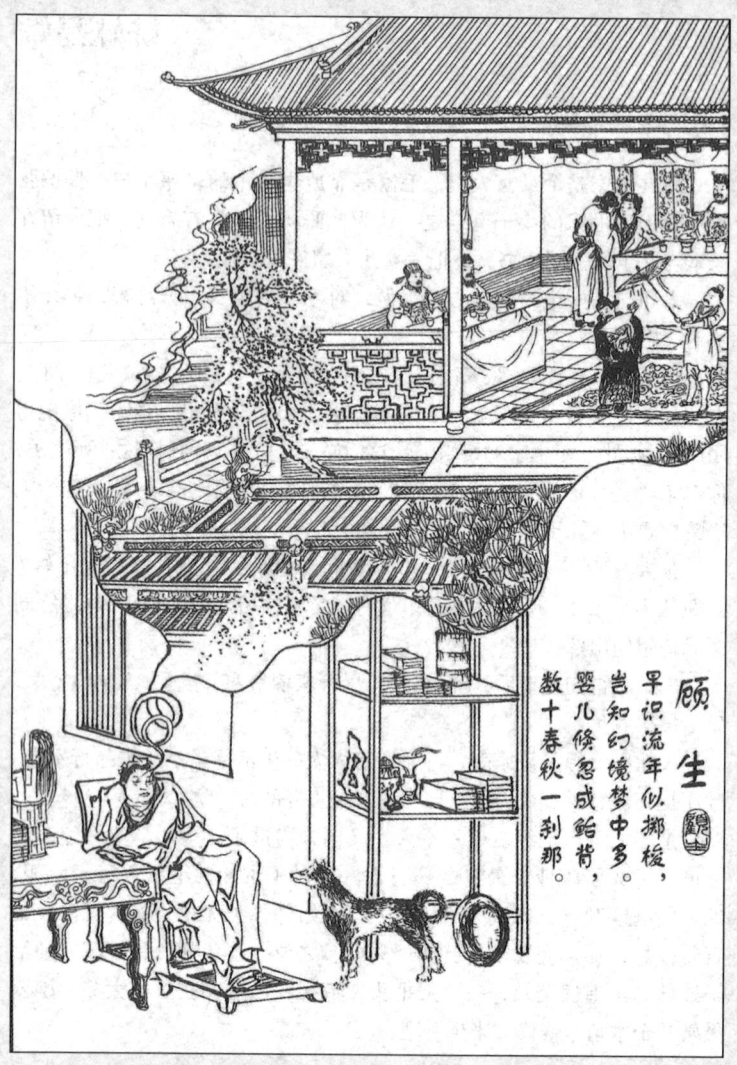

顾生

早识流年似掷梭，
岂知幻境梦中多。
婴儿倏忽成鲐背，
数十春秋一刹那。

顾生

江南顾生,到临淄做客,却不幸患得眼疾,红肿疼痛,泪流不止。奇怪的是,每当他闭目养神之时,眼前总会浮现出一座巍峨的大宅院,门户洞开。一日,顾生刚合上眼,身体如轻烟般飘入宅院。穿越了三重门,未曾遇见人影,直至踏入第四进的庭院,只见满地红毡铺展,无数的婴儿或坐或躺或爬,嬉戏其间。顾生正惊疑时,第五进屋内有一人走出,说道:"九王子请您赴宴。"顾生迷迷糊糊地跟随着那人进入大殿,只见笙歌喧天,宾客如云,上座上一少年,正是那九王子。顾生行礼入座,王子频频举杯相劝,席间一班妙龄歌伎翩翩起舞,顾生饮酒品肴,陶醉其中,忽听仆人呼唤之声,顾生猛然睁开眼睛,景象全非,依旧躺在旅舍的卧榻之上。

顾生心中留恋着刚才那如梦如幻的热闹景象,忙遣走仆人,关门合眼,又按着原路进宅院。穿越第四进时,却惊讶地发现,那些婴儿已然变成了白发苍苍的老翁老妪,坐在地上絮絮叨叨。他急忙赶到大殿,只见筵席仍未散去,而年轻的九王子已是花白胡须,同席的少年也都变成了龙钟老者,那些手绰檀板的歌伎也已是鸡皮鹤发,歌声嘶哑不堪听了。王子一席酒竟喝掉了大半生的人生,意兴犹浓,见顾生再次入席,便要罚酒三杯。顾生以眼疾为由婉拒,王子便命太医为他治疗。太医轻点药膏于顾生眼中,嘱咐他闭目休息。

顾生闭目片刻,昏昏欲睡之际,忽被一阵锣声惊醒。他一声叹息:唉!这些歌伎们在红氍毹上消磨了青春,如今又要重新上演了。他睁开眼睛,发现自己又回到了旅舍。原来,那锣声只是一条狗撞翻了走廊里的油铛所发出的声音。顾生再想合眼重回那座宅院,却已无法做到,宅院已然消失无踪,他的眼疾也霍然痊愈了。

于江

父仇何敢片时忘,
竟杀山中白鼻狼。
自有孝心通梦语,
旁人休认苐几郎。

于江

　　农民老于,日夜辛勤劳作在田间地头。一个深夜,熟睡间遭到狼的袭击。天亮,他十六岁的儿子于江来送饭,看到一片血肉模糊的惨状。

　　于江悲愤欲绝,下决心为父报仇。天黑了,他瞒着母亲,怀揣铁锤,躺在了父亲遇害的地方,装作熟睡。没多久,一只狼悄然出现,用尾巴扫过他的脸庞,用鼻子嗅探他的腿脚,于江都强忍着没有动弹。直到狼扑上来,准备咬向他的咽喉,于江才猛地举起铁锤,狠击狼脑,当下锤死。看看月色还不到二更,于江将死狼拖进草丛,再次躺下,等待下一只恶狼的到来。三更过后,果然又有狼出现。他如法炮制,再次将其锤死。

　　天亮前,于江将两只死狼扔进了附近一口枯井里,悄然回家,没有惊动母亲。一夜没睡的于江,伏在桌上打起了盹。忽然,梦见浑身是血的父亲,父亲告诉他:"你杀了两只恶狼,已经为我报了仇,但先咬死我的是只白鼻子狼!"

　　从那天起,于江每晚都去田间,连续三夜一无所获。第四夜,尽管疲惫不堪,他还是坚持躺在老地方。半夜时分,一只狼终于出现。它比之前的狼更加狡猾,多次试探于江,但于江都强忍着没有动弹。它没有直接扑上来,而是咬住于江的一只脚,试图将他拖向荆棘丛中。于江的脚趾被咬穿,身上和脸上也被石尖和棘刺划得伤痕累累,他仍然像死人一样一动不动。最后,狼用前腿搭在于江的胸前,张嘴欲啃他的腹部。这时,于江才猛地举起铁锤,狠命地打了下去,连续几锤才将狼打死。仔细一看,那只狼的鼻子正是白色的!

　　少年于江的沉着和勇敢很快在乡间传开,成了一段佳话。

大鼠

攫拿腾掷势难休,
巨鼠今朝竟断喉。
彼出则归归则出,
笑他终堕敌人谋。

大鼠

明朝万历年间,皇宫里出现了一只硕大无朋的大鼠。找了好些猫来捕捉这怪鼠,却一只只反被啮死。

外国进贡来一只毛色洁白如雪的狮子猫,个头不大,据说擅长捕鼠。太监们小心翼翼地把它捉进大鼠出没的仓库,紧闭大门,屏息以待。

没过多久,大鼠果然现身,它硕大的腹部晃动着,显得力大无穷。众人不禁为狮子猫捏了把冷汗。大鼠一见狮子猫,便露出狰狞之态,咆哮着冲向它。狮子猫似乎有所畏惧,一跃而上,稳稳地落在桌上。大鼠怒气冲冲,紧随其后,也跃上了桌面,狮子猫又轻盈地跃回地面。就这样,狮猫逃、大鼠追,上下翻飞,反反复复近百次。狮子猫始终保持着警觉的眼神,却未曾有过一丝还击的迹象。众人见状,纷纷议论,认为这狮子猫胆小如鼠,绝非大鼠的对手。渐渐的,大鼠那庞大的身躯逐渐显露出疲态,而狮子猫依旧矫健如初,甚至发出"呜呜"的挑衅之声。又上下几次后,大鼠跳到地上,大肚子一翕一张喘着气,似乎要歇息一会准备再次发起攻击。就在这一刹那,狮子猫突然如离弦之箭般跃向大鼠,飞快地跳在大鼠身上,锋利的爪子紧紧抓住鼠颈,尖锐的牙齿狠狠地咬住了大鼠的头颅。大鼠仅发出两声微弱的"吱吱"声,便头破血流,四肢抽搐,最终一命呜呼。

此刻,众人才恍然大悟,原来狮子猫并非胆小怕事,而是运用智谋,以逸待劳,引诱敌人耗尽体力后再果断出击,真是一只聪明的狮子猫!

蛇人

蛇本蠢顽性独灵,
相依不啻影随形。
如何世上微恩者,
不及山林大小青。

蛇人

江湖艺人张甲,以弄蛇卖艺为业,他养的两条蛇,名唤大青和二青。那二青头顶红斑如火,性格驯顺,深谙主人心意,是张甲的得力助手。

不久,大青死了,张甲很懊丧,二青亦似感哀伤,整日无精打采。某夜,他们寄宿山寺,二青破笼而出,消失无踪。张甲焦急万分,四处寻觅。过了半天,二青归来,还引来了一条小蛇。张甲喜出望外,为小蛇取名小青,悉心训练,与二青一同献艺。

三年后,二青已长成手腕粗细,四尺有余,不再适宜表演。张甲忍痛将其送至深山。二青徘徊不舍,仿佛舍不得离开主人。张甲喃喃祝祷:"去吧,去吧!咱们总有一天要分手的!"二青似乎听懂,昂首看看张甲,缓缓游入林间。片刻,又急匆匆返回,以头轻触蛇笼再不肯走。张甲明白了,打开笼门,放出小青。两条蛇交颈吐信,缠绵了好久。原来,二青是要与小青告别后,才能安心离去。

数年后,张甲正在山里经过,忽闻腥风阵阵,草丛中蹿出一条巨蛇,身长丈余,茶碗粗细。张甲惊恐万分,拼命逃窜。那蛇却紧追不舍。待张甲回头一看,惊见蛇额上红斑如火,正是二青!张甲顿时心安,呼唤着:"二青!二青!"二青闻言,立刻停下,如往日般亲昵地缠绕在张甲身上。张甲虽承受不住其重量,却仍满怀喜悦。

张甲于是把也已经长得太大的小青放出来,两条蛇又像饴糖一样交缠得紧紧的。张甲轻抚二青说:"它是你引来的,还把它带走吧!深山中有的是食料,别在这里追人吓人。"两条蛇一前一后施施然游开了,从此再没有出现过。

颜氏

翩翩玉貌借无才，
巾帼偏能及第来。
想见闺中姬妾笑，
威棱可是旧西台。

颜氏

顺天府的梅生,自幼随父母迁居河南,虽容貌俊朗,但才智平庸,年至十七仍未能完成一篇文章。父母离世后,他娶了村中一位博学之士的孤女颜氏为妻。颜氏学问很好,对梅生的学业颇为不满,常督促他勤奋苦读。一年后,梅生的学业虽有所长进,但仍未能考取秀才。

梅生为此倍感苦恼,颜氏亦叹息不已,道:"倘若我为男儿身,秀才、举人又有何难?"梅生听了,心生不满:"哼!你以为考试如同烧水煮粥一样简单吗?"颜氏微笑回应:"若你不信,下一科我便女扮男装,代你去应试。"

梅生原以为这只是颜氏的戏言,未料她却认真筹划此事。她说服梅生,让自己改穿男装,冒充梅生父母到河南后生下的胞弟,与梅生兄弟相称,黑夜离开村子,一同回到顺天府原籍去报名应考。二人寄居在梅生的叔伯家中。

那颜氏果然有真才实学,不仅考中秀才、举人,更成为进士,被朝廷任命为桐城县令。骑虎难下,颜氏居然纱帽圆领做起官来,梅生只得随颜氏上任,以兄长的身份相伴。

颜氏为官有方,获得了当地百姓的称颂。然而,人们却对这对少年兄弟多次拒绝提亲之事感到费解。

数年后,颜氏又升任河南道掌印御史。她深知官位愈高,风险愈大,颜氏不敢继续女扮男装出头露面了,于是以病为由,辞去官职,回归故里。回家后,颜氏深居简出,让梅生以御史老爷的哥哥——她的丈夫代表她出面应酬、处理事务。

直到明亡清兴,颜氏才趁乱恢复了女子的身份。

老饕

老饕真是绿林雄,
却敢从容股掌中。
一发三矢无用处,
更看绝技出奚僮。

老饕

武林豪杰邢德，他的连珠箭可谓是一绝，令人叹为观止。

某年岁末，邢德从京师返回故乡。当时，他的盘缠早已用尽，只剩下一匹瘦马。他两手空空，踽踽而行，心中五味杂陈。

途中，他在一家客栈稍作休息。邻座坐着一老一小两人，他们正在整理财物，桌上堆满了黄金白银，璀璨夺目。邢德看得目不转睛，直咽唾沫。他偷偷观察那两人，老者佝偻着背，白发苍苍；小孩只有十三四岁，头发枯黄，面容消瘦。邢德不禁起了歹心。

当一老一小收拾完毕，牵着牲口离开时，邢德紧随其后。在无人的偏僻之处，他抄近路抢在前面，拔出弓箭严阵以待。那老者却神色自若，在骡背上脱了靴扳脚丫儿。仅百步之遥时，邢德大喝一声："住马！"老者微笑着回应："你难道不认识我老饕吗？"邢德不答，一箭射去。那老饕却伸出左脚，张开脚趾，紧紧钳住了来箭。邢德再发两箭，一支被老饕轻松抓在手中，另一支竟被他一口咬住。邢德大惊失色，深知自己不是对手，慌忙拍马逃走。

跑了三四十里路，邢德遇到了一伙官宦，轻而易举地劫得了千金之财，满心欢喜地踏上归乡之路。谁料，那黄发小孩却骑着骡子追了上来，大声喊道："见面分一半！"邢德勃然大怒，拔出三支箭"嗖、嗖、嗖"连射出去。只见那小孩如同老饕一般，左手一抓、右手一翻，轻松接住了前两支箭。第三支箭好像射中了小孩的嘴巴，小孩向后一仰倒在了骡背上。邢德策马近前时，小孩突然一个鲤鱼打挺站了起来，"噗"地吐掉了用牙关咬住的箭，随手将右手中的那支箭掷出，好准，正好贯穿了邢德的左耳。邢德顿时翻身落马，无力抵抗。

千金之财被小孩劫去，邢德再次空手而归。这次遭遇让他彻底心灰意冷，他毁掉了弓箭，再也不敢在江湖上闯荡了。

细柳

太息高郎寿不高,
苦弹心力为儿曹。
恩威并用无歧视,
富贵毋忘母氏劳。

细柳

细柳娘,河南某县人,嫁与高秀才为继室。婚后五载,高秀才意外坠马身亡,留下前房所生的儿子长福,年方十岁,以及自己的幼子长怙,年仅四岁。

长福自幼娇宠,父亡后,厌学情绪日增,常逃学嬉戏于牧猪童之间。细柳苦劝无果,厉声责骂亦不奏效。无奈之下,只得狠心挥鞭相教,然仍难改其顽劣。最后,细柳决然令其辍学牧猪,与牧猪童同吃同住同睡。长福不堪其苦,哀求复学,细柳却不去睬他。严冬降临,长福饱受饥寒交迫之苦,离家出走,沦为乞丐。细柳虽有不忍,但仍未加干涉。邻居们见状,纷纷指责细柳心狠。

历经数月流离失所,长福终于真正悔过了。他跪在继母面前,诚恳求恕,并表示愿受惩罚后重返学堂。细柳见其真心悔改,眼中含泪,允其重返书堂。自此,长福勤奋向学,数年后中举,深感继母教诲之恩。

幼子长怙,读书鲁钝,前学后忘,成绩糟糕。细柳观察其性格,认为非读书之材,遂令其习农事。长怙却沾染赌习,屡教不改。一日,他谎称进城学商贸,向母亲索要三十两银子。细柳照数给他,并额外赠送一锭金子。长怙进城后又赌又嫖,银子挥霍完了又拿金子去兑换。不料,这金子竟是假货,长怙被抓入狱,受尽种种苦楚。

细柳在家中默默计算时日,估计长怙已被押受苦多日,才命长福进城将其救出。长怙也像他哥早年一样,受到折磨。经过比较才痛改前非,回家后便开始勤勉务农治家。

细柳不分亲疏,不惧流言蜚语,终使二子走上正途。她的智慧与远见传遍了全县。

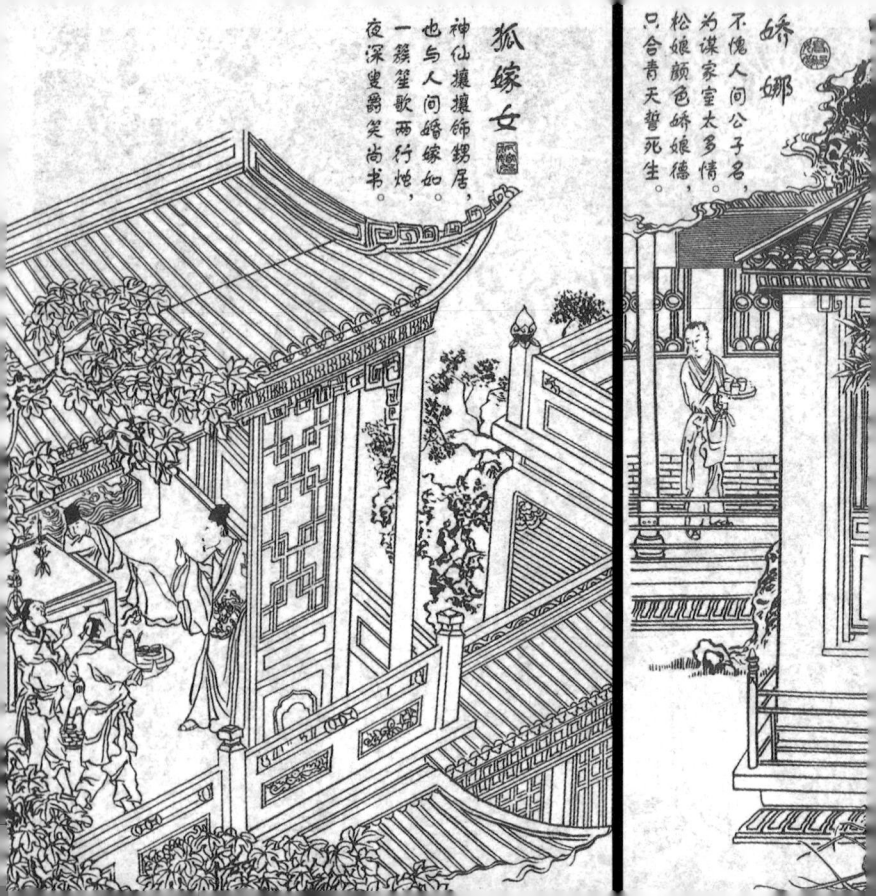

狐嫁女

神仙摟攞飾錫居,
也与人间婚嫁如。
一簇笙歌两行炮,
夜深里罢笑尚书。

娇娜

不愧人间公子名,
为谋家室太多情。
松娘颜色娇娘德,
只合青天誓死生。

焦螟

坛前狐已现真形,
坛侧奋然婢未醒。
借口鞫供良亦得,
关东道士术偏灵。

灵官

郊天钜典孰能干,
藩溷潜踪胆尚寒。
毕竟此狐太分晓,
乘舆不避避灵官。

王成

勿懒宜勤曾嘱咐,
旅行何事竟迟迟。
岂真一鸟千金值,
天道成全介士时。

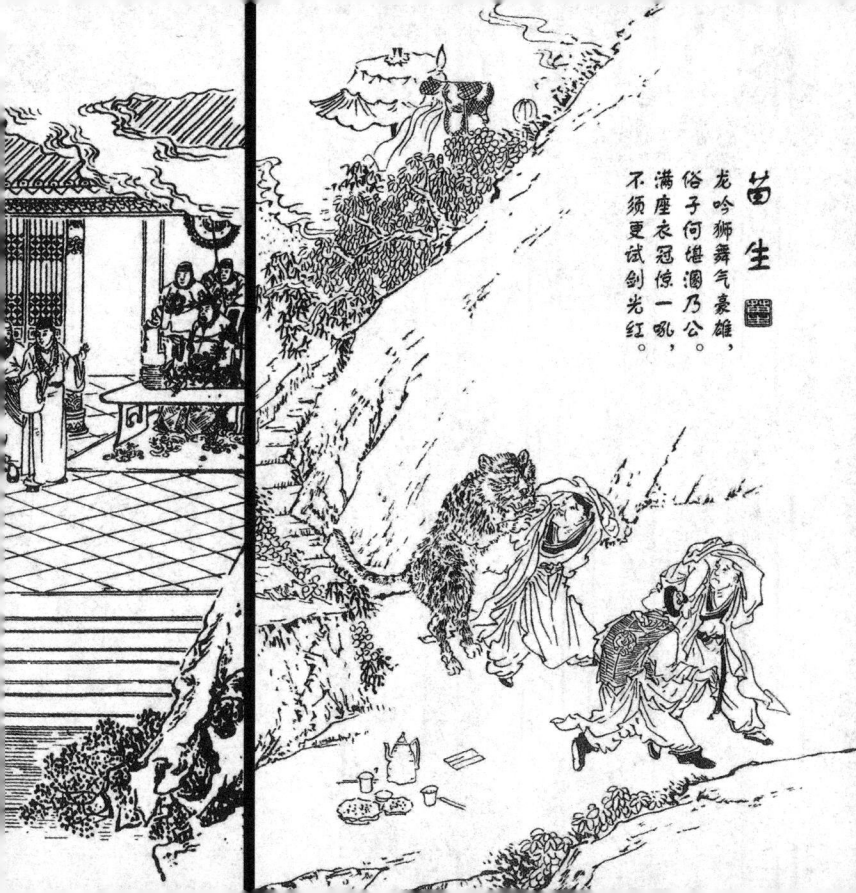

苗生

龙吟狮舞气豪雄,
俗子何堪溷乃公。
满座衣冠惊一吼,
不须更试剑光红。

贾儿

奏效何须牧勤符,
贾儿聪慧善驱狐。
机心默运奇谋出,
只要安排酒一壶。

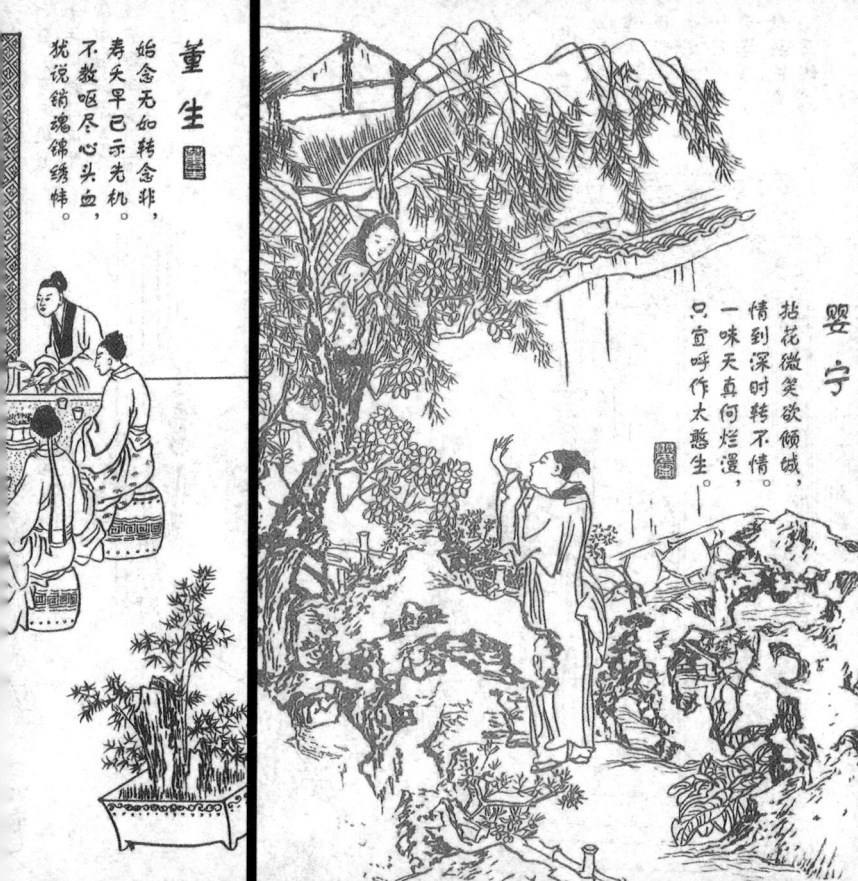

董生

始念无如转念非，
寿夭早已示先机。
不教呕尽心头血，
犹说销魂锦绣帏。

婴宁

拈花微笑欲倾城，
情到深时转不情。
一味天真何烂漫，
只宜呼作太憨生。

七日沉疴还故我，
十年旧约证前生。
闲中细读桑生传，
狐鬼争妍最有情。

酒友
仙人也向
醉乡游，
吏部风流
今尚留。
知己感恩
情益厚，
杖头钱更
为君谋。

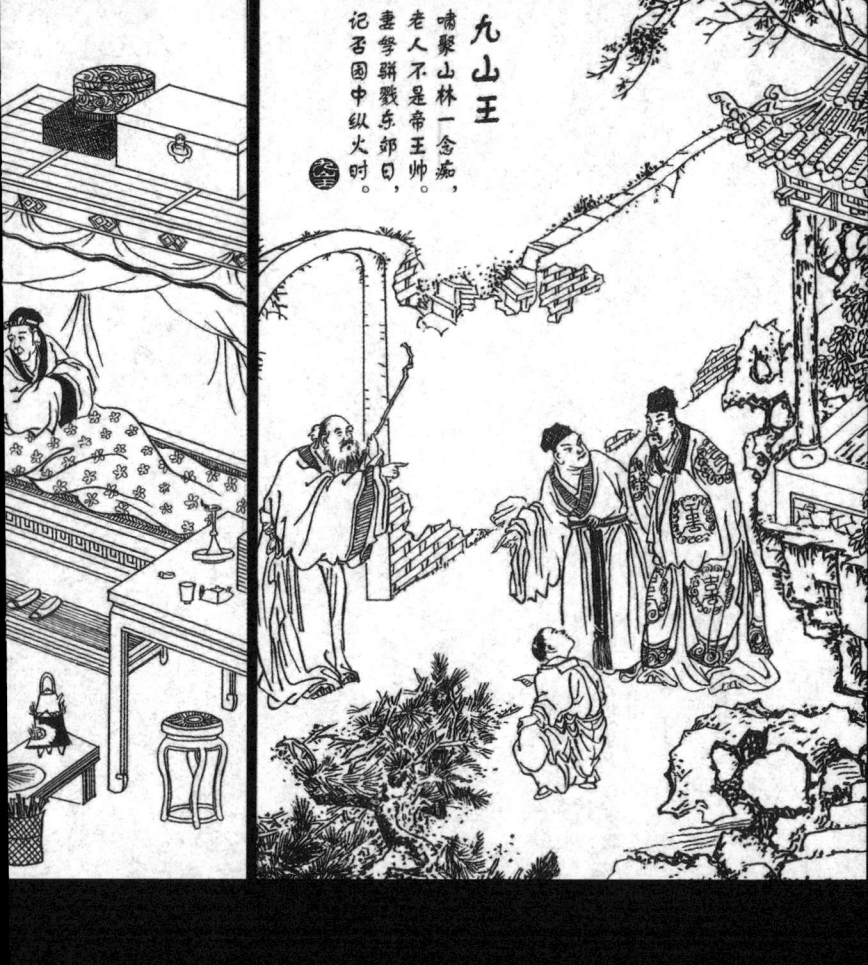

狐联

来如飞燕去如鸿,
雅谑成联句绝工。
属对未能卿莫叹,
而今名士陋雕虫。

汾州狐

绝艳容光一笑过,
汾州通判奈愁何。
故人情比桃潭水,
敢说从来不渡河。

潍水狐

得朋重盛盍簪艾，
燕子禽乡构别巢。
邑令庞然从旦大，
竟禽折节订狐交。

胡氏

欲因西席附东床,
秦晋婚姻几战场。
片语转移前却释,
乘龙佳婿在门墙。

红玉

劫妻杀父大仇平,
义士相逢吊死生。
尚子有家谁玉汝,
不期巾帼有程婴。

伏狐

珴笔丹嫖称侍从，
每因春恨欢途穷。
铃医新授房中药，
玉碎花残一瞬中。

黄九郎

休说狐绥事未妨,
何生色胆太猖狂。
世间尽有分桃癖,
盍使相逢黄九郎。

犬灯

明灯一幻作韩卢,
再幻遂成绝世姝。
傥攫红衫非主命,
相逢肯谅薄情无。

金陵女子

萍水相从事已奇,
岂知既合复思离。
重来又作投梭态,
似此行踪大可疑。

狐妾

刀砧声里走厨奴,
胜似当年络秀无。
一领羊裘原细事,
夫人生性讳言狐。

毛狐

肤赤而毛，
记宋宫，
仙人形幻
竟相同。
三金别为
谋新妇，

青梅

何幸丫鬟匹宰官，
更欣侣主共团圆。
甘居妾媵辞岁夕，
难得青梅味不酸。

文字交情自有真,
虚名高雅侮知人。
秀才应像偁儒冠误,
满室金钱不疗贫。

狐谐

同是萍飘絮泊中,
笑嬉怒骂各称雄。
谈谐涉口皆成趣,
可使齐奂拜下风。

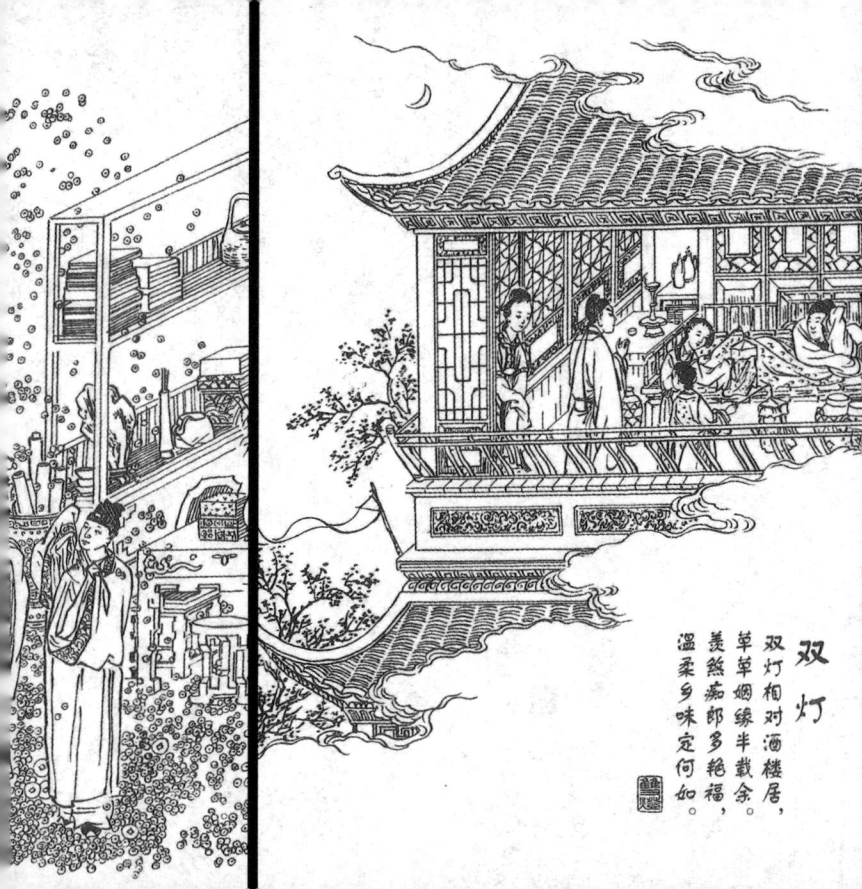

双灯

双灯相对酒楼居,
草草姻缘半载余。
羡煞痴郎多艳福,
温柔乡味定何如。

辛十四娘

了却夫妻未了情,
功成主婢好同行。
救书簪地从天降,
曾对天颜道姓名。

鸦头

宵遁匆匆到汉皋，
平康乐籍灰同操。
膝前有子雏神武，
洗髓还期更伐毛。

胡四相公

赠金持重故人情，
异类友朋胜弟兄。
一面有缘难再见，
神交亦足慰平生。

念秧

裹马辉煌动觊觎，
客途萍聚夜呼卢。
囊金书入他人彙，
赢得便宜是仆夫。

念秧二

前车已覆后车催,
局势如棋未易猜。
不有同行仙主件,
那能载得丽人回。

封三娘

悔破情丝一缕牵,
凤钗娇赠太缠绵。
岂知色戒无端破,
不复飞升第一天。

狐梦

记得溪杯纤手擎,
梦中宴笑尚分明。
也思笔墨传千古,
莫道仙人不爱名。

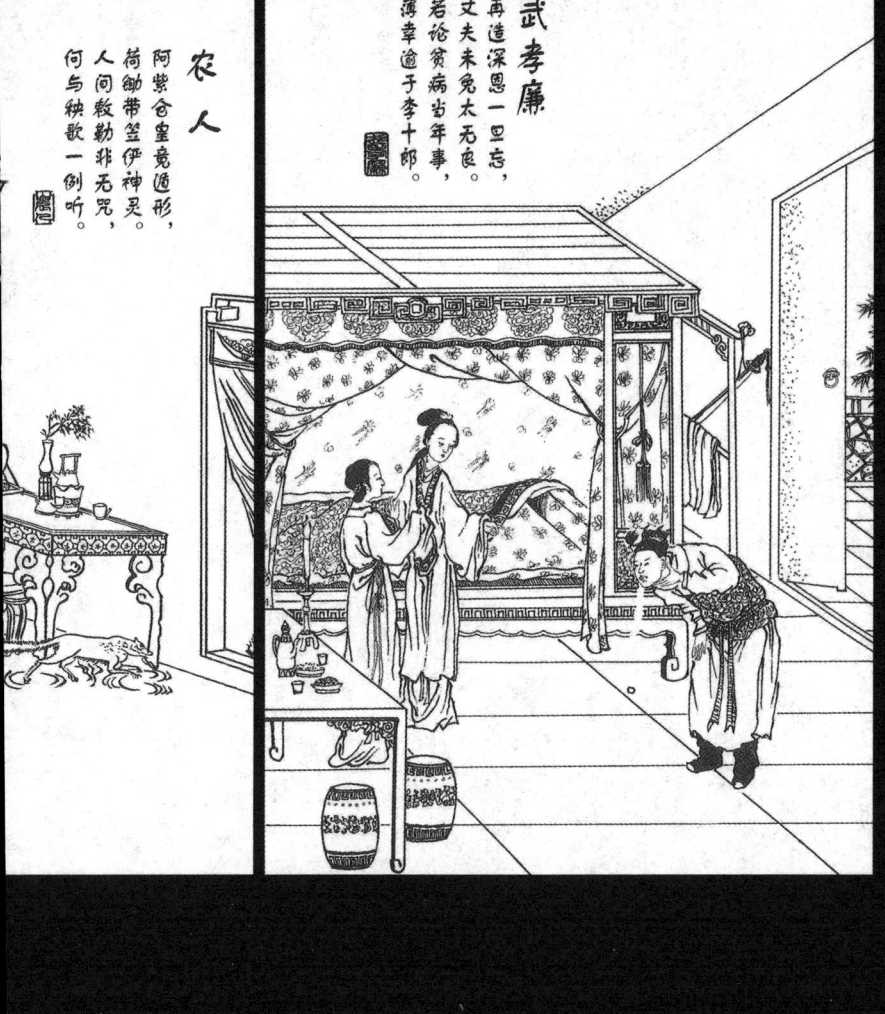

武孝廉

再造深恩一旦忘,
丈夫未免太无良。
若论贫病当年事,
薄幸逾于李十郎。

农 人

阿紫仓皇竟遁形,
荷锄带笠伊神灵。
人间毅勤非无咒,
何与秧歌一例听。

郭生

涂抹雌黄悔已迟,
芸窗且喜得师资。
副车一中矜心起,
忘却供鸡设枣时。

荷花三娘子

为谋良匹报恩深,
荷蒂轻笼蜡火温。
石太玲珑花太艳,
长留纱帔伴消魂。

马介甫

乾纲不振自贻羞,
此病难将药力瘳。
赢得仙人勤布置,
宗嗣一线赖长留。

胡大姑
水来无干竟见侵，
愿为人妇亦何心。
紫姑作怪鸡能语，
辗转株连究被擒。

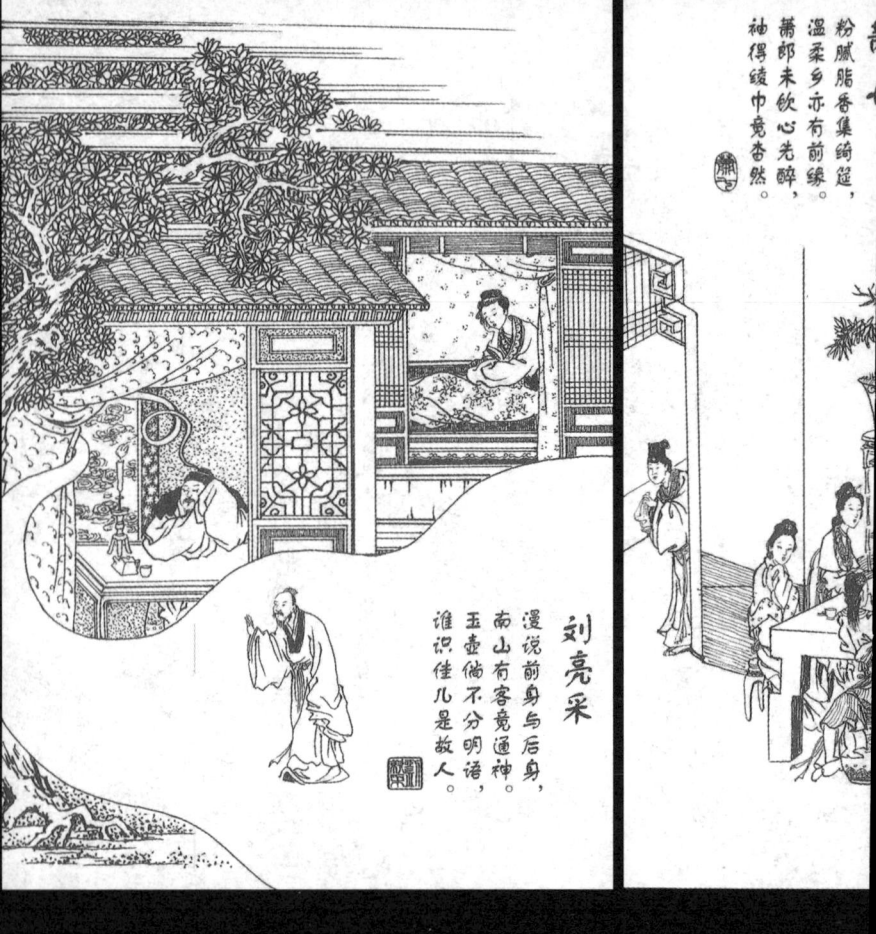

粉腻脂香集绮筵，
温柔乡亦有前缘。
萧郎未饮心先醉，
袖得绫巾竟杳然。

刘亮采

漫说前身与后身，
南山有客竟通神。
玉壶倘不分明语，
谁识佳儿是故人。

周三

铁面虬髯恶气殊,
请从假馆效驰驱。
周三不讳诛同类,
莫是狐中剑侠无。

狐惩淫

疑雨疑云思不禁,
隔窗未敢道琴心。
劝君休着房中药,
犹恐真成荡妇吟。

沂水秀才

何来长袖态翩翩,
小榻无尘坐拜肩。
不爱绫巾爱金铤,
书生俗状亦堪怜。

杨疤眼

晦纹现处蹈启机,
偶语山阿人迹稀。
可笑世多风鉴客,
不如异类早知几。

逃不实,
痴儿顿倒
戏闺中。
功成便尔
将身退,
留取余情
补化工。

凤仙

僚婿身家有富贫,
先鞭宣著英因循。
郎君及第如来日,
第一先酬镜里人。

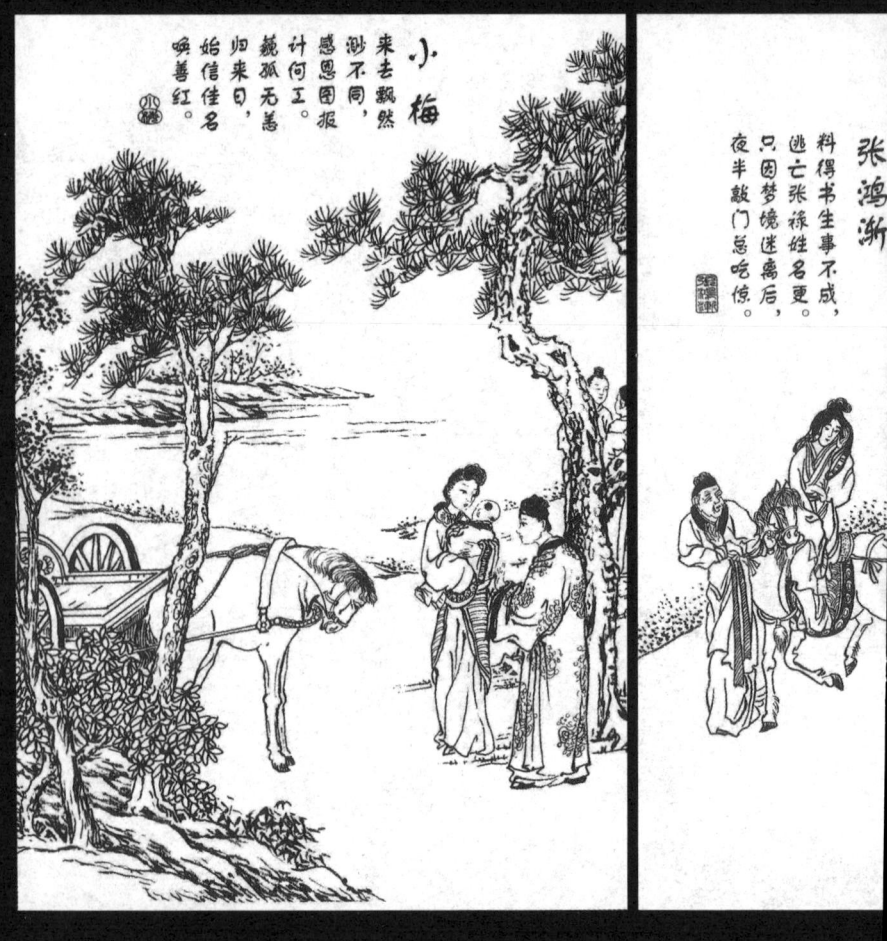

小梅

来去飘然渺不同,
感恩图报计何工。
觚狐无恙归来日,
始信佳名唤善红。

张鸿渐

料得书生事不成,
逃亡张禄姓名更。
只因梦境迷离后,
夜半敲门总吃惊。

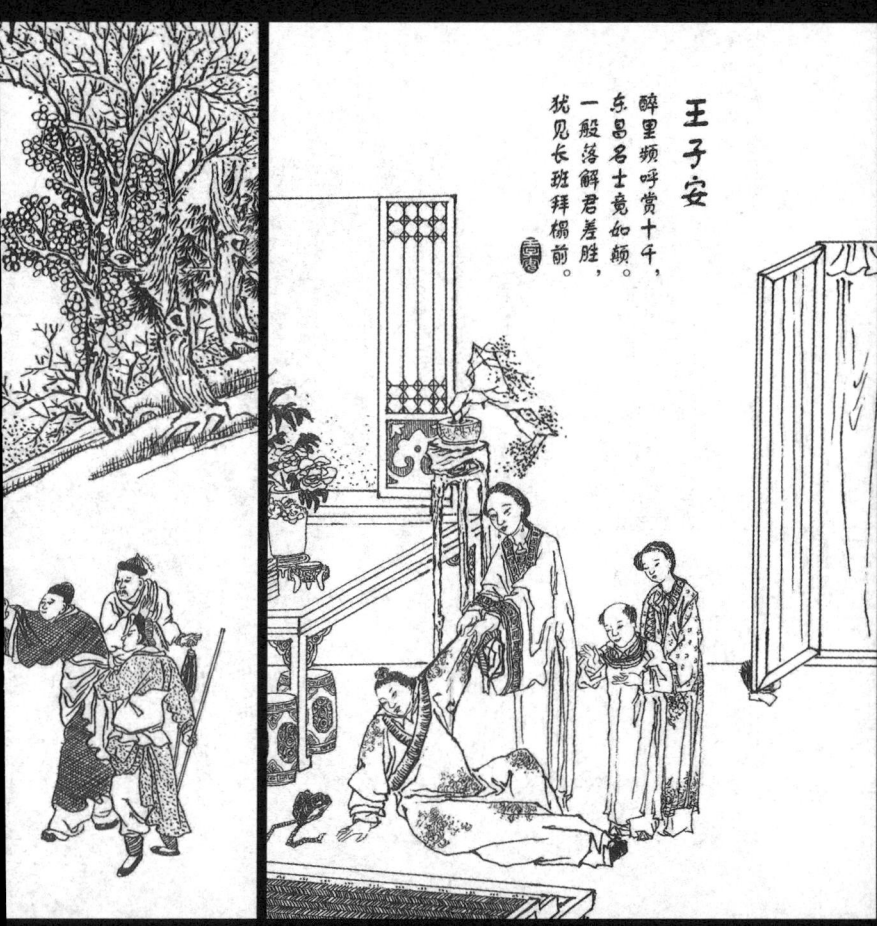

王子安

醉里频呼赏十千,
东昌名士竟如颖。
一般落解君差胜,
犹见长班拜榻前。

金陵乙

邻妇如何可觊觎,
祸衣著体竟成狐。
邪魔一动心先变,
莫讶真龙壁上符。

彭二挣

只知策蹇后尘随，
碌碌庸庸亦可悲。
问尔何年塴脱颖，
笑君常作处囊锥。

恒娘

小加大令，
暗伤悲，
昔日专房
宠已衰。
感激难忘
文种德，
一颦一笑
教西施。

司训

屡因重听叹途穷,
傀儡登场笑鞠躬。
也算人间清白吏,
更无关节出靴中。

狐女

钟情何意来奔女,
守礼偏知避若箭。
脂合绣针工幻化,
周旋难得乱离中。

褚遂良

宾病相连剧可哀,
忽逢仙子降瑶台。
忠臣一代芳名播,
转世犹膺艳福来。

姬生

自作穿窬自盖愆,
相夫赖有室人贤。
休言狂药能迷性,
酿酒都应是盗泉。

浙东生

客富有美伴妻其，欲返家园来有烟。

耳中人

姹女婴儿易结胎，成仙毕竟要仙才。
小人三寸张皇甚，可是兜元国里来。

山臊

惊闻排闼响飕飕,方相依稀气象俨。
奴仆静听公瞌迷,争看衾上爪痕留。

秋收获向陇头堆,夜半惊看大鬼来。
劲矢长戈空设守,竟教颅骨受飞灾。

宅妖

仗剑大呼王学院,
百声嗤笑鬼揶揄。
荧荧磷火归何处,
莫道瑜珈是总诬。

海公子

乘兴游山独举杯,
耐冬花下丽人来。
岂知奇癖生奇祸,
幸得余生海上回。

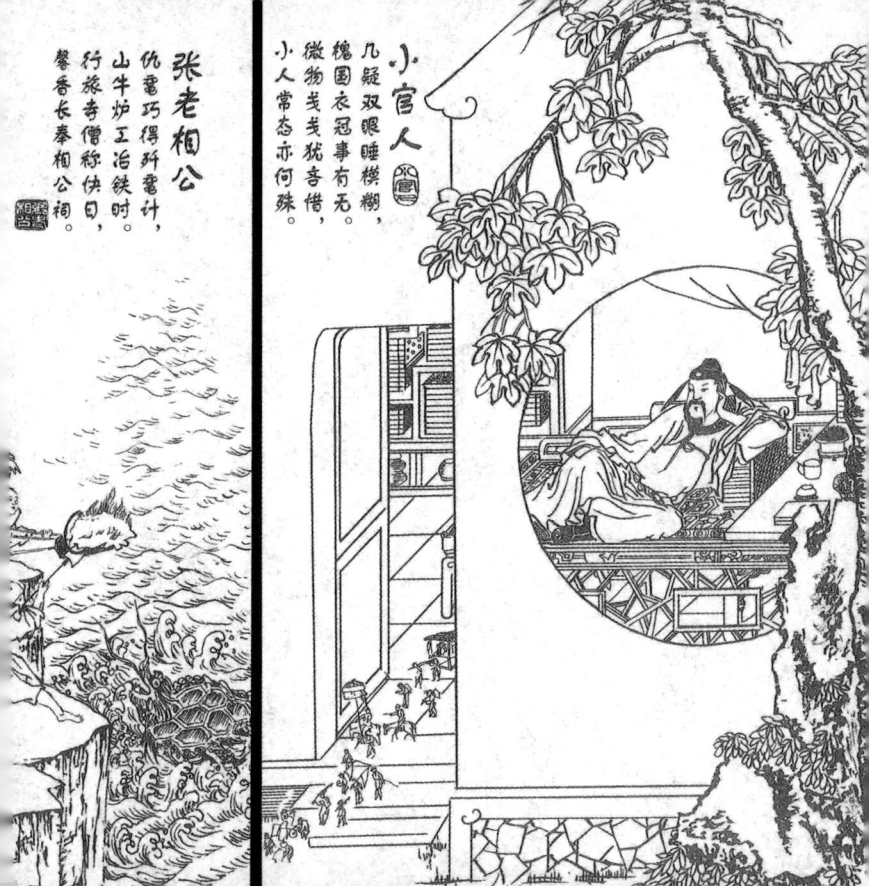

张老相公

仇鼋巧得殊鼋计,
山牛炉工冶铁时。
行旅寺僧称快日,
馨香长奉相公祠。

小官人

几疑双眼睡模糊,
槐国衣冠事有无。
微物戈戈犹吾侪,
小人常态亦何殊。

夜叉国

深山苍莽少人踪,
习俗几疑类毒龙。
不是徐生还故国,
安知海外卧尸峰。

白秋练

纤影憧憧槛外过，
美人潜起听吟哦。
楚江江水堪为命，
王建罗衣不及他。

小譬

凭城穴社
计求安，
首鼠相遗
竟脱冠。
几许头颅
宜自惜，
令人笑作

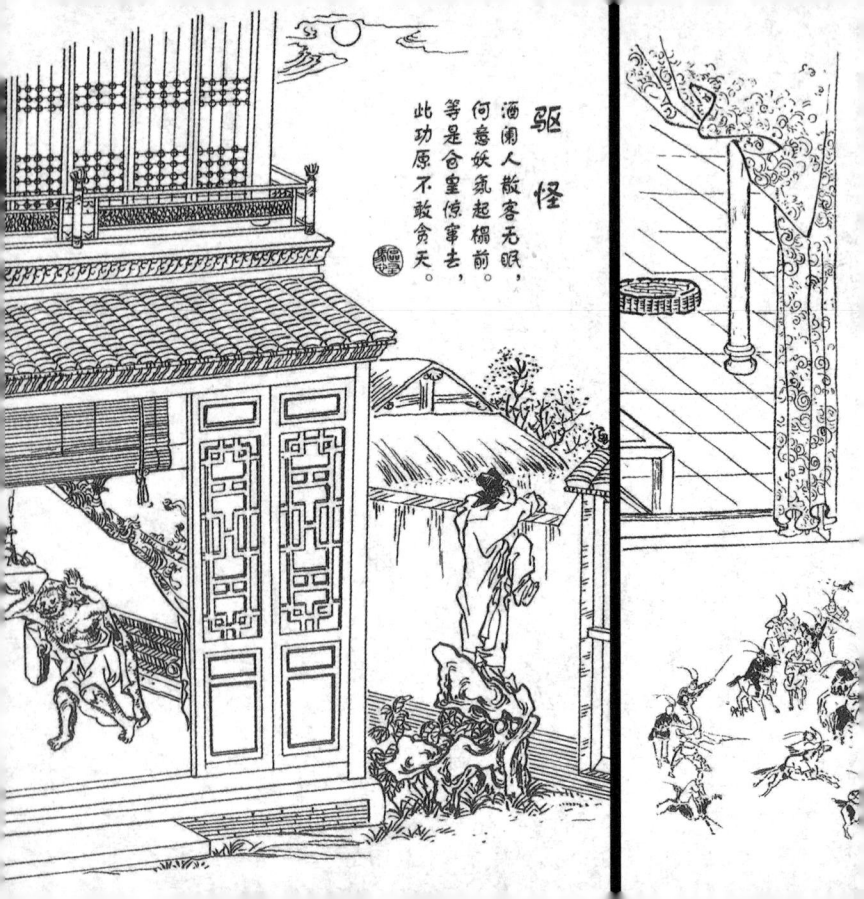

驱怪

酒阑人散客无眠,
何意妖氛起榻前。
等是仓皇惊窜去,
此功原不敢贪天。

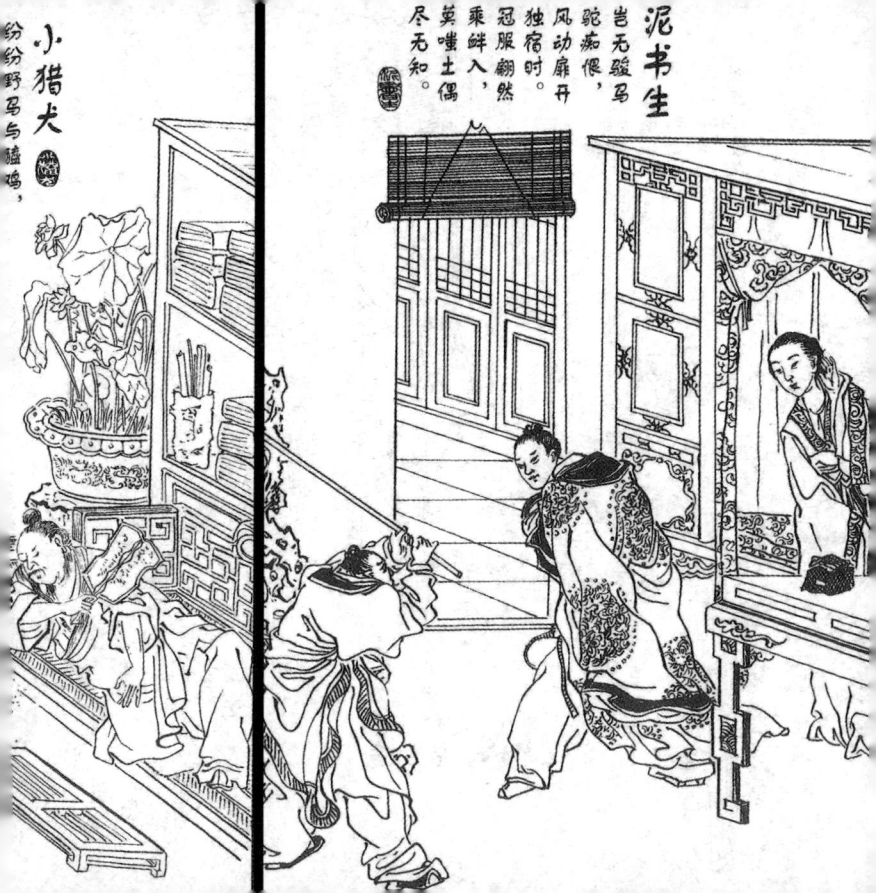

宅妖

异得桐棺入室才,
嘤嘤有女泣麻缞。
何人卧榻惊相觑,
疑入僬侥国里来。

好事何妨出巨资。

鸽异

撮口何人作异声,
连翻双鸽斗飞鸣。
雁门食雁真堪叹,
不惜珍禽付鼎烹。

郭秀才
鸟语啁啾夜未央,
月中豪饮快飞觞。
踏肩作戏成修道,
归路何愁路半忘。

捉狐
已擒复逝竟成空,
指顾仓皇一瞬中。
结带如环环不解,
元丘校尉太玲珑。

张贡士

平生阅历寸心知,
谁谱昆腔绝妙词。
当作康成年表读,
黄粱原有梦醒时。

冯木匠

月明如画纸窗开,
草草姻缘旬去来。
恒上红难村外女,
此中离合费疑猜。

狐入瓶

子舍何人避纫翁,
敛形常伏小瓶中。
岂知一旦罹汤火,
入瓮真教酷吏同。

秦生
居然吏部比风流，
酒国沉酣死未休。
赖有相怜同病者，
与君长向醉乡游。

花姑子

邂逅原无侣俪缘，
花姑情意自缠绵。
为郎不惜残生命，
迟我飞升一百年。

寻常事，折得风流罪过来。

放蝶

蝴蝶群飞

黄英

千里萍踪卜隐居,
酒香花气梦醒初。
良缘应为梅花妒,
处士风流转不如。

绿衣女

窥窗有女夜逡巡,
一曲清歌妙入神。
居处不劳君絮问,
绿衣原是卫宫人。

葛巾

兰香已是降云车,
何必仙源更泛槎。
省识秋风团扇冷,
不走留待咏桐花。

阿英

鹦鹉能言亦可人，
阿翁早许结婚姻。
一朝缘尽难重合，
骇绝狸奴几丧身。

阿英

甘玉，一个饱读诗书的秀才，早年便失去了双亲，他肩负起抚养年幼弟弟甘珏的责任。甘珏聪明伶俐，深得哥嫂的喜爱。随着时间的流逝，甘珏逐渐长大成人，到了该娶妻的年龄。甘玉为了给弟弟寻得一位贤良淑德、貌若天仙的妻子，四处奔走，煞费苦心。

一日，甘玉骑马从郊外归家，途中偶遇一位年轻姑娘。那姑娘名叫阿英，面如桃花，泪眼婆娑。甘玉下马询问，得知阿英原是甘家早年聘定的儿媳，却因甘家欲另娶他人而伤心赶来。甘玉惊讶不已，他从未听说过这门亲事。然而，眼前的阿英美丽动人，与弟弟甘珏实乃天造地设的一对。于是，甘玉决定将她带回家中，与妻子和弟弟商量后，让阿英与甘珏结为连理。

婚后的生活甜蜜而和谐，阿英与嫂嫂的关系更是亲密无间。然而，在一个中秋之夜，阿英却神秘失踪。当晚，嫂嫂派人请阿英赏月，阿英答应了，但甘珏却舍不得新婚妻子，没有让她去。次日清晨，嫂嫂来到甘家，询问阿英为何失约。她并未责怪阿英，反而提到昨晚在她屋里，阿英一直精神恍惚。甘珏一听大为惊奇，私下与嫂嫂对证后，发现阿英竟在同一时间出现在两处地方。

甘玉得知此事后，心中生疑，当面对阿英说："你若是鬼怪妖魔，请速速离去，莫要害我弟弟。"阿英听后，泪流满面，转身化作一只鹦鹉，飞向嫂嫂，说了声"嫂嫂，再见！"便展翅飞出屋子，飞向白云深处，消失在天际。

甘玉这才恍然大悟，原来父亲在世时曾养过一只鹦鹉。那时甘珏年幼，常问父亲鹦鹉长大后有何用处。父亲总是笑着回答："给你做媳妇儿！"如今看来，这鹦鹉果然来践约了。甘玉和甘珏悔不当初，他们不该鲁莽地赶走这多情的阿英。然而，阿英已不知去向，或许正躲在某座高山密林里伤心落泪，再也不会回来了。

申氏

忧心竟咏北门篇,
生对牛衣涕欲涟。
宁死不甘为盗跖,
宵行应动鬼神怜。

申氏

申家夫妇俩,原先感情并不坏。近年来,坐吃山空,生活艰难,常因琐事发生争执。一天黄昏时分,家中断了晚饭,二人再次陷入争吵。申某发了火:"难道叫我去偷?去抢?"妻子不甘示弱地反驳:"你不偷不抢,那我就去卖身、去做娼!"申某气得瞪大了眼睛,最终抓起一根粗木棍,怒吼道:"好!我去偷,我去抢!"然后跌跌撞撞地冲出了家门,妻子想要阻拦却没有拦住。

申某盲目地在夜色中奔跑,不久便来到邻村富户亢家的后墙外。月色昏黄,寒风中的蟋蟀发出悲鸣。申某长叹一声,转身躲进了路旁的高粱地里,坐着发呆。他内心明白,自己并没有做贼的勇气和能耐。

突然,一个高大的身影从邻畦地里出现,鬼鬼祟祟地来到亢家高墙下。那人稍作停顿,便一跃而过,消失在了墙内。申某心中一惊:这才是真正的贼!亢家今夜恐怕要遭殃了。然而,他又想到:我虽然不敢做贼,但难道还不敢捉贼?如果能捉住他,亢家必定会重重酬谢我。主意已定,申某紧握木棍,来到大汉翻墙的地方,躲藏在黑暗中等待。

漫长的等待过后,直到四更鼓声敲响,才听到墙内传来脚步声。申某立刻握紧木棍,双眼紧盯着墙头。果然,那大汉再次出现,从原处越墙而出。然而,不等他站稳,申某一棍便打了下去。出乎意料的是,倒地的并非大汉,而是一只巨大的乌龟。原来,亢家爱女近来遭妖怪迷惑,申某无意中击毙了妖怪,为亢家解决了心头大患。

亢家感激不已,送给申某三百两银子作为酬谢。妻子看到这些银子,误以为申某真的做了盗贼,气得要跳井。经说清楚,夫妻俩才欢天喜地的过日子。

丑狐

双南从古重黄金，
移得人间好色心。
春梦一场余故我，
分明恩怨莫沉吟。

丑狐

穆某,家境贫寒,家中仅有一床一桌,孤身一人,冬天没有棉衣,瑟缩在床上发抖。忽然,来了个女子,衣服炫丽而容貌黑丑。她说:"我是狐仙,你若愿意和我结为夫妻,我便能助你摆脱贫困。"说完,她从袖中取出一个元宝放在桌上。穆某虽然对她的丑陋心生厌恶,但眼前的元宝却让他心动不已,他选择留下了这位丑狐。从此,丑狐每晚都会如期而至,每次离别时总会留下丰厚的馈赠。在丑狐的帮助下,穆某的房屋得到了修缮,家具、衣物一应俱全,手头还积攒了不少金银。

然而,好景不长,丑狐再没有可送给穆某了。穆某于是就生了歹意,从捉鬼驱狐的道士那里买了符咒来贴在门上。晚上,丑狐看到符咒,一把撕了,指着穆某的鼻子斥道:"负心贼,我未曾加害于你,你竟敢来害我?若嫌我烦,我自会离去。但所受之物,你必须如数奉还!"言罢,她愤然离去。穆某怕了,急忙请来道士帮忙驱除丑狐。道士才进门,一声嚓叫,他的耳朵被割掉了一只,吓得他抱头鼠窜。接着,一阵石雨将屋内的器具打得粉碎。穆某无处可逃,只能躲在床底下瑟瑟发抖。

就在这时,丑狐抱着一只猫头狗尾巴的小动物出现了。她放下小动物,冷笑道:"去咬那没良心汉的脚。"小动物闻言,立刻扑向穆某,一口咬穿了他的靴子和大脚趾,鲜血直流。穆某痛苦地求饶,丑狐却不为所动,她冷漠地表示:"银子还清,饶你不死。"

穆某毫无办法,只好将藏起来的银子全部交出。不够数,他又不得不将珠宝、衣物等财物拿来抵偿。只要稍有抗拒,那只小动物就会龇着牙再次扑来,穆某不敢有丝毫的反抗。

一夜之间,穆某失去了一切,仍然是一张破床,一张破桌。

长亭

驱鬼新传一卷书,
得逢佳丽信非虚。
芳名早作分离谶,
冰玉偏难积怨除。

长亭

泰山石太璞的师傅以捉狐驱鬼闻名,而太璞则专攻驱鬼之术,以此为生。某日,一位翁老者邀他前往山村驱除邪祟。夜深人静时,一个少年造访太璞,自称是鬼,还说翁家是狐精。他答应离去,却劝太璞趁机迎娶翁家的大女儿长亭,说她不仅貌美如花,而且心地善良。

翁老夫妇答应了这门婚事,并将长亭的一支金簪作为定情信物。婚事妥了,太璞一道符,那鬼魅随风消散。不料,翁老者狐性不改,狡猾多变。不但要悔婚,还想杀太璞灭口。长亭不忍父亲恩将仇报,秘密通风报信,太璞才在黑夜中逃出山村,狼狈回家。

到了家,太璞心中愤懑难平,想着请师傅前来复仇。这时,长亭母女却意外登门。原来,那夜的阴谋全是翁老者背着妻子策划的,现在妻子也瞒着丈夫,送长亭前来履行婚约。

木已成舟,长亭为太璞生了孩子。翁老者仍心有不甘,千方百计将长亭骗回娘家,数年不许她回石家。太璞含辛茹苦,独自抚养幼子长大。五岁的孩子尚不识母亲。

一日,长亭母女突然造访石家,跪地痛哭失声。原来,翁老者又以诡诈手段对待二女婿,二女婿请来捉狐高手将翁老者擒获。这位高手正是太璞的师傅。

尽管太璞对岳父恨之入骨,但在妻子和岳母的苦苦哀求下,他仍向师父求情,将翁老者——那只目光狡黠的黑毛老狐放了出来。翁老者的狡猾狐性有所收敛,太璞夫妇终得团圆。然而,翁婿之间却还是水火不容,互不往来。

汪士秀

神勇能将石鼓投,
喜携阿父棹归舟。
蹴圆竟免江鱼腹,
莫怪人间爱击球。

汪士秀

江西汪翁,因擅长踢当时的气球而闻名遐迩,不幸在钱塘江的波涛中翻船丧命。其子士秀,不仅继承了父亲的绝妙技艺,而且勇武有力,能将石臼掷过屋檐。

某日,士秀乘船赴湖南,夜泊于洞庭湖。月色朦胧中,忽见波光粼粼的湖面上,五人自水下浮现,看样子是三主两仆。仆人们在水面上铺展大席,侍奉主子们饮酒。顷刻间,主人们起了踢球之兴,竟从水中取出一个晶莹剔透的气球,由一个年纪大的仆人陪着踢。形貌酷似汪翁的仆人共舞。士秀远望此景,惊觉那仆人的形貌与踢球的脚法姿态竟与亡父一模一样。

正在这时,气球意外飞至士秀脚边。他技痒难耐,一脚踢去,却不料用力过猛,气球应声而破,从中泻出一股似水似光的奇异物质,融入湖中。那三位主人见状大怒,下令仆从们捉拿汪士秀。士秀毫无惧色,拔刀立于船舷之旁,严阵以待。

待对方逼近,士秀不禁脱口而出:"父亲,我是士秀!"原来那仆人竟是汪翁,他惊喜万分却无暇倾诉,急切催促士秀速速躲避。话音未落,那三位主人已气势汹汹地杀到。士秀刀光闪烁,一刀斩断一人右臂,再一刀劈了另一人的脑袋,剩下一人则跳入波涛中逃了。

正当士秀催促船夫起锚避祸之际,湖面波涛汹涌,一张巨大的鱼嘴自水中伸出,比井口还要宽阔。它贪婪地吸纳湖水,又猛烈地喷射而出,船身剧烈摇晃,仿佛随时都会倾覆。士秀眼见船上有两个重达百余斤的石鼓,急忙举起瞄准鱼嘴掷去。"哐当"一声巨响,石鼓正中鱼嘴,波涛瞬间平息。

原来,汪翁落水是被鱼精掳去,强迫其陪伴踢球。他们踢的球是鱼泡所化,那被砍断的膀子实则是一只巨大的鱼翅。

黎氏

萧瑟芦花泪眼枯，
世间讵少黑心符。
可怜膝下佳儿女，
供得深闺一饱无。

黎氏

龙门县人谢中条,中年丧妻,遗下二子一女。中条是个浪荡汉,终日在外寻花问柳。子女啼饥号寒,他不闻不问,毫不顾惜。

某日,在一条偏僻的山路上,谢中条巧遇一位青年妇人。四周无人,他对这位妇人百般纠缠。妇人起初坚决拒绝,后来问了他的家庭情况。她自称是黎家的寡妇,颇有几亩良田。如中条真心娶她,她愿意随他回家照顾孩子。谢中条觉得这是天上掉下的馅饼,满心欢喜地带着妇人回到了家。

在回家的路上,妇人叮嘱谢中条要保密,因为她的大伯子蛮横凶悍。谢中条连忙安慰她,家中并无他人,邻居也鲜少往来,不用担心会被打扰。

回到家中,三个年幼的孩子用稚嫩的眼神打量着这位陌生的妇人。妇人却非常喜欢他们,逐个抚摸着他们的手臂、腿和脊背,叹息道:"嫩皮脆骨的,怪可爱的,只是太瘦了。"

谢中条兴高采烈地去街上买了酒和肉,准备和新欢欢叙一番。

当他满载而归时,却发现大门紧闭,窗户也严严实实。他心想,这女子真是个胆小鬼。他用力敲门,奇怪,声息全无!出什么事儿了?他急忙破门而入。

当他冲向寝室时,不想一条凶猛健壮的大狼从房间内冲出,疾窜而去。他三步并作两步冲进寝室,眼前的景象让他瞬间崩溃:鲜血染红了整个地面,皮肉散落一地,三个孩子只剩下三颗血肉模糊的人头,连鼻子、耳朵都被啃得干干净净。

青凤

画楼一角月三更,
明烛光中笑语迎。
闲读一篇青凤传,
风流艳福羡狂生。

青凤

　　豪迈狂放的青年耿去病，在族叔废弃的宅邸中偶遇了一个狐狸家族：家长胡义君，儿子孝儿，侄女青凤。去病明知他们是狐狸幻化而成，仍不可自拔地爱上了美丽的青凤，决心要娶她为妻。青凤也对去病心生情愫，但遭到了家长胡义君的坚决反对。

　　为了拆散去病与青凤，胡义君幻化成狰狞恶鬼，企图以此吓退去病。然而，去病却以牙还牙，用黑墨将自己的脸涂得同样恐怖，与恶鬼对峙。面对如此坚决的去病，胡义君无奈，只好带领全家悄然离开这座宅邸。

　　时光荏苒，一年后，去病在郊外偶遇两只被猎狗追赶的小狐。其中一只迅速逃入草丛，而另一只则惊慌失措地躲到了去病的脚边，哀鸣不已。去病心生怜悯，将其藏入怀中带回家中，安置在榻上。转眼间，这只小狐竟化作了人形，却是青凤。从此，这对有情人终成眷属。

　　两年后，胡家的孝儿突然出现在去病的书房中，跪地不起。他泣不成声地告诉去病，他的父亲即将被去病的好友莫三郎猎杀。孝儿恳求去病出手相救。去病闻言，故意板起脸说："要我帮忙也可以，但必须让青凤亲自来求我！"孝儿泪流满面地回应道："凤妹早已在荒野中被恶犬咬死了。"去病闻言一挥袖子："既然如此，那我也无能为力了。"孝儿无奈，只得痛哭离去。去病转身安慰青凤道："我只是吓吓他们而已，救人一命胜造七级浮屠，我当然会出手相救的。"

　　第二天，莫三郎狩猎归来，经过去病家时，猎物中果然有一只血迹斑斑、气息奄奄的黑狐。去病设酒款待三郎，并向他讨要了这只黑狐。他将黑狐交给青凤。在青凤的悉心守护下，三天后，阿叔胡义君复活了。他感激去病的救命之恩，决定举家迁回宅邸与去病一家共同生活，从此亲如一家。

画马

千金不惜购骅骝,
妙画通灵何处求。
漫道点睛龙破壁,
子昂真可继僧繇。

画马

临清县的崔生家境贫寒,围墙年久失修,早已倒塌。每天清晨,崔生总能在院子里发现一匹骏马。这匹马毛色乌黑,上面点缀着白色的章纹,它的尾毛似乎曾被火焰燎过,显得凌乱而又不失野性。崔生每天白天将它赶走,晚上又来了,仿佛与崔生有着某种不解之缘。

崔生一直渴望能有一匹这样的骏马,以便去拜访在山西做官的朋友,寻求他的帮助,苦于没有脚口代步。于是,他捉住这匹无主的马,配上缰绳、鞍鞯,骑着它前往山西。

令人惊讶的是,这匹马竟然是一匹神驹。它嘶鸣着、奔腾着,如同闪电一般疾驰。仅一天半的时间,崔生便到了太原。事情被店家传出去,酷爱良马的宗室晋王知道了。他派人前来相马,并以八百两银子的高价买下了这匹神驹。

崔生得了这笔意外之财,心中暗自欢喜。没有再去找那位朋友,另买了一条骡子回家,却走了五六天。他担心马的主人会找上门来,幸好,始终无人问起。

过了一年多,晋王派一位校尉骑着这匹骏马来临清县办理紧急公务。路过崔家附近时,那匹马突然挣脱了缰绳,摔下校尉,跑了。校尉紧随其后,眼看它跃进了崔家东邻曾家的院子里。校尉急忙冲进院子,却找不到那匹马的踪影。他心中焦急,叫来曾家主人。

曾家主人请校尉到房厅坐下说话。校尉抬头间,突然发现墙上挂着一幅元代名画家赵子昂所绘的"八骏图"。其中一匹马的毛色和神态与刚才逃跑的那匹马一模一样。他仔细端详着画卷,发现那匹马的尾巴上也断了几根毛,正是主人早年焚香时不慎燎断的。看来,这幅画实在是画得惟妙惟肖,神形兼备,通灵了。

校尉无法交代,只得带着那幅"八骏图"回到太原复命。

八大王

令尹如何唤大王,醉逢恩主更倾醽。能从规劝能酬德,多少衣冠愧酒狂。

八大王

有人送给冯生一只体型巨大、与众不同的鳖,其头部点缀着鲜明的白点。冯生把它送下河放走了。

数年之后,冯生夜归途中经过河岸,遇见一位身材魁梧的醉汉。他自称"洮水八大王",频频叫冯生恩公,盛情邀请他到家小坐。殷勤酬酢到黎明时,说要赠给冯生礼物。他吐出一个仅有一寸高的小人,强行将其摁入冯生的右臂皮下。告别时,冯生回首一望,只见一只巨大的鳖缓缓潜入水中,他猜想所得应是"鳖宝"。

果然,自此以后,冯生的眼睛便拥有了透视地下的神奇能力。地下的宝藏,无论深埋何处,都无法逃过他的双眼。凭借这一异能,他购得了一座荒废的宅邸,挖掘出其中的巨额黄金和珠宝,成为全省闻名的富豪。他还从地下获得一面宝镜。只需用这面镜子照人,人的形貌便会长久地留在镜中。

一次偶然的机会,冯生在游山时撞见了肃王府的三公主,她的美貌令人倾倒。冯生心生一念,偷偷用宝镜捕捉了她的容颜。回家后,在亲友间传观。不料此事传到了肃王的耳中,一怒之下,夺走了宝镜,将冯生逮捕入狱。

偏偏那三公主有点儿怪,她说:"既然我已经被他看见又留下了容貌,不如就下嫁给他!"偏偏那冯生又有点儿骨气,他说:"家有糟糠妻,宁死不敢从命!"

两下里闹僵了,肃王要把冯生发配边疆。冯生的妻子搜罗家中的珠宝来贿赂王妃,才大事化小,结为亲戚,释放冯生出狱。

不久,冯生梦到了"洮水八大王"来对他说:"鳖宝久留人体会消耗精血、折损寿数,请尽快归还。"说完,他用嘴在冯生的右臂上轻轻一吸,告别离去。醒来后,冯生发现自己再也无法透视地下了。他感慨道:"宁可如此,眼目清凉,金银财宝,带给人的未必是幸福!"

胡四姐图
絮果兰因事莫论,
倩天小劫旧蒙恩。
丹成再履红尘日,
风月都消见凤根。

胡四姐

尚生独居书斋,受到了狐精胡三姐的魅惑。不久,三姐又介绍妹妹四姐与尚生相识。这两姐妹的性格截然不同,三姐妖娆,四姐温文。尚生自然倾心于妹妹。一日,四姐郑重地对尚生说:"阿姊性格狡诈狠辣,已有三位青年遭她毒手。你如不与她断绝,恐怕也难逃厄运。"尚生闻言,心中惊恐,却又束手无策,无法摆脱三姐的纠缠。四姐送给尚生一道符咒,贴在门口,从此三姐便销声匿迹。

数月后,一位自称善于降妖捉狐的陕西客,来找拜访尚生的父亲,他说自己是为了追踪害死弟弟的狐精而来。他说:"现在这狐精一家都住在附近,其中之二曾与你儿子交往。"尚生的父亲闻听此言,大惊失色,急忙请陕西客施展法术捉妖。陕西客取出四只大瓶放在地上,念动咒语。只见数团黑气自动投入瓶中,用猪脬将瓶口封住后,陕西客被邀去前厅进餐。

尚生目睹这一切,心中不忍。当他走近大瓶时,忽闻四姐在瓶中呼救:"尚郎,我从未有过杀人之念,你为何不救我于危难之中?"尚生恻然心动,却不知如何打开封口。四姐急切地请他用针在猪脬上刺一个眼,便见一缕白气钻出来腾空而去。不久,陕西客返回,立刻察觉有一只狐精被尚生放走。他沉思片刻,说:"这只狐精虽为同类,却未曾害人性命,让它去吧。"言罢,带着瓶子告辞离去。

十年后的一个春日,尚生在郊外巧遇四姐。她告诉尚生,自己在分别后潜心修炼,如今已位列仙籍。为了感激当年的救命之恩,她特地前来探望致谢。话音刚落,尚生便目睹四姐的身躯如轻烟般冉冉上升,直至消失在蓝天白云之间。

二 三年前事未全忘,狠德呼儿代逐狼。班医士偏为报恩远,又从虎窟得仙方。

二班

云南一位叫殷元礼的针灸名医,为了躲避战乱,独自躲在深山。一次,天黑迷路,偶遇两位大汉。尽管身处大山,他们也知道殷大夫,邀他到他们家中暂住一晚。

大汉们姓班,两兄弟,哥哥名班爪,弟弟叫班牙。班家是一间依傍岩谷而建的石屋,屋内昏暗,仅以松枝为烛照明。家中还有一位卧病在床的母亲,正饱受外症之苦,嘴角两边各长了一个瘤,疼痛难忍,饮食难进。元礼取出随身携带的金针艾团,为她针灸了半天。说:"行了!隔一夜,准保痛止瘤消。"

次日清晨,老妈妈的痛感大减,瘤也已破溃。元礼又为她敷上药末,取了二班所赠的鹿腿别去。

三年后的一天,元礼途经附近的山谷时,突遭狼群围攻。十几只恶狼将他扑倒在地,撕扯着他的衣裳。就在危急关头,一声虎啸震天响,两只威猛的老虎从丛林中跃出,张牙舞爪地冲向狼群。转眼间,一一咬死。元礼正战栗着怕老虎扑向自己,它们却一剪尾巴跃走了。

元礼捡回了一条性命,狼狈而逃。这时,一位老婆婆迎面走来,她认出了元礼,关切地说:"殷大夫,您受惊了,快到我家歇息吧。"元礼定睛一看,原来这位老婆婆正是三年前班家兄弟的母亲。他心中一暖,随老婆婆回到家中,酒足饭饱后安然入睡。

次日醒来,已是天光大亮。元礼发现自己正躺在一片岩石上,而岩下传来阵阵鼾声。他小心翼翼地探出头去,只见一只老虎正沉睡未醒。老虎的嘴角两边,赫然留有拳头大小的瘢痕。他不敢久留,蹑手蹑脚地离开了这片岩石。仔细一想,原来昨天救他的两只老虎是班爪、班牙兄弟俩。

香玉

花因情死花当哭,
花为情生花愈香。
可惜爱花人去后,
妒花风雨便猖狂。

香玉

胶州黄生,在劳山下清宫借居苦读,邂逅一位名为香玉的女郎。两人以诗会友,情愫渐生。香玉,宛如一朵含苞待放的白牡丹,洁白无瑕的衣裙映衬出她的婉约妩媚。而她的义姊绛雪,则如一朵傲立霜雪的红玫瑰,高洁脱俗,与黄生接触不多。

某日,香玉泪眼婆娑地来见黄生,说自己将遭受厄运,恐难以再会。黄生惶急地追问原因,香玉却只是流泪,不肯细说,匆匆离去。

次日,黄生见山下某富豪强行采掘了一株白牡丹下山移植。那牡丹洁白如雪,与香玉的衣裙无异。黄生蓦然省悟:香玉原是牡丹花神。他急忙下山打探,可叹移植后的白牡丹已枯萎凋零。黄生悲痛欲绝,回到下清宫后,每日在花穴前垂泪凭吊。有一次遇到绛雪,她答应作为朋友时常来探望黄生。原来,绛雪并非牡丹化身,而是一株开红花的耐冬。

一日傍晚,香玉忽又现身。她告诉黄生,他的痴情打动了花神,让她得以重生。黄生欣喜若狂,紧握香玉的手,却感觉空无一物。原来此刻的香玉只是香魂,需经一年培育方能重塑肉身。

于是,黄生和绛雪每日悉心照料花穴,浇水施肥。眼看着花穴中萌芽吐蕊,八九个月后已是绿叶茂盛,花苞壮实。四月初的一个阳光明媚的日子,牡丹花在微风中摇曳盛开,花蕊间端坐着一位美丽的小美人。转眼间,美人飘然落地,迎风生长,正是香玉重生之躯。

自此,黄生与娇妻良友共度时光。多年后,黄生无病而终,他的神魂化作一株五叶小树,生长在牡丹与耐冬之间,与她们同享荣枯。

(《聊斋志异》)是另一境界的大观园。
——孙犁

唯聊斋,能使我们更丰富。
——阎连科